寫作力大爆發

塗鴉日記、自製標籤、繪製地圖……
全球暢銷書「瘋狂樹屋」作者從生活找創意的 **45** 個寫作祕訣

安迪・格里菲斯 Andy Griffiths 著

泰瑞・丹頓 Terry Denton 繪

韓書妍 譯

目 次

一帖「讓寫作變快樂」的超強藥方！

◎ 溫美玉

　　「瘋狂樹屋」系列一直是圖書館翻到爛掉的童書之一，為什麼？沒有人能不被作者安迪・格里菲斯的調皮腦袋，和繪者泰瑞・丹頓詼諧又有趣的畫風吸引。令人雀躍的是，作者在《寫作力大爆發》裡，要把他的故事發想祕辛告訴大家囉！

寫作再也不可怕的祕密

　　大家一定有經驗，每次老師指派作文，台下就是一片哀嚎聲；交作文的前一晚，更是親子間挑燈夜戰的日子。究竟為何「寫作」這麼苦？

　　因為它「門檻太高」啦！試想，同時要發想內容、文字通順、切合主題、技巧潤飾……如此龐大的工程，光想就令人卻步！

　　《寫作力大爆發》給頭痛的我們一線生機！從改編報章雜誌，無厘頭的圖文創作起步，這個過程最重要的，是讓孩子從中找到「樂趣」！有了樂趣，心中的「創作動機」才會慢慢發芽長大。

　　一〇八課綱中，國小低年級的階段，寫作都以仿寫、擴寫、培養想像力與感受力為主，這時，任孩子在想像力的世界裡馳騁，是非常重要的！

1

書中提到的練習，有漫畫聯想遊戲，也有練習誇大的刻畫角色性格等等。比如說在練習二〈創造角色〉中，用了「非常好」和「非常壞」的行為，搭配角色對話來凸顯性格，這些練習不僅能提升動機，還能訓練孩子把角色寫得鮮明。因此，本書除了是低年級寫作啟蒙，更是中高年級學生活化寫作的最佳素材。

「惡搞」魅力無法擋

不想讓孩子剛起步就因「恐懼」而放棄寫作，怎麼辦？從作者和我自己的教學經驗中，我發現加入「惡搞」就是答案！

曾想讓孩子寫「安平古堡」遊記，我告訴他們：「我們來寫不一樣的遊記：夜遊！跟你的同學一起夜遊，還遇到已經變成鬼魂的鄭成功爺爺，想想看，誰會被鄭爺爺嚇到尿褲子呢？」

聽到可以把同學寫成膽小鬼，全班都瘋了，那天午休意外安靜，只聽得見鉛筆刷刷刷的聲音，每個人的稿紙都是兩張三張起跳的寫，好不滿足！

這時我領會到「惡搞」的魅力，誰說寫作一開始就要教起承轉合、修辭句型呢？從無厘頭的亂寫亂畫嘗試，先體會寫作的魅力吧！

培養不受限的想像力，試試「挑戰常規」吧！

作者安迪的創造力來源，主要是從「惡搞、誇張、愚蠢」出發！

孩子在進入小學後，就不斷被規則局限，可能是班規、學校的制度等。不可否認，學習判斷「什麼能做？」、「什麼不能做？」是適應社會的必經之路。但，能不能留下一方空間，給孩子「想做什麼就做什麼」的自由呢？無疑的，創作，就是讓孩子得以保有自由，又不致傷害他人的好方法！

本書中，作者便是用這樣古靈精怪，甚至有點惡質的發想，滿足了必須逼迫自己調整思維，以適應「社會化」的孩子們。太多道德、規則的束縛，會讓孩子不敢面對那些突然閃現的惡作劇念頭，進而抹滅了想像力。唯有正視這些「感覺不太對」的想像力，任它在心中流動，並在創作中展現，才能讓孩子慢慢學會自信、大膽的提筆寫作。

　　從壞爸比壞媽咪漫畫，製造誇張又怪異，甚至會致命的冒險……，這一連串的練習，絕對會讓孩子的腦袋瓜「叮！」一聲，冒出他人想都想不到的點子呀！

　　當然，每個單元後的「創意動手寫寫看」，還有更多提示，及作者獨門的發想小撇步，供孩子一步一腳印的實踐！

　　四十五個精巧的小練習，光是想到孩子的豐碩成果，溫老師就好興奮、好期待，恨不得回到教室裡讓孩子大寫特寫、大玩特玩！

前言

八歲的時候，我寫了第一本「書」——給我爸爸的慰問卡片。那是一張摺成三等分的紙，叫作《我ㄗㄨㄛˋ的小ㄕㄨ》，上面寫著：「聽說你生病了。趕快翻到下一頁，看看如果你沒有康復的話會怎麼樣。」

我的第一本「書」——以及最早的拼字錯誤紀錄。

我病懨懨的可憐老爸翻到下一頁，出現在他眼前的卻是令人惶恐不安的圖畫，我把他畫成某種動物，埋在土裡，旁邊還有一塊墓碑，上面寫著「完蛋」。（我不知道為什麼決定把他畫成動物——也許是因為我們剛在後院埋葬過世的寵物，我擔心如果爸爸的病情沒有好轉，我們也必須埋了他！）

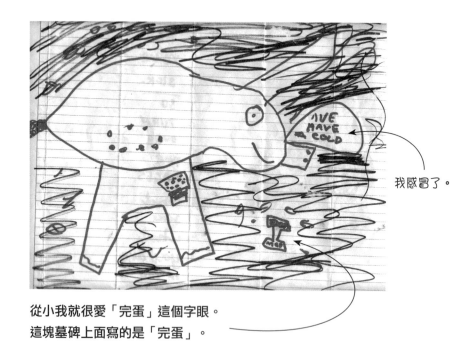

我感冒了。

從小我就很愛「完蛋」這個字眼。
這塊墓碑上面寫的是「完蛋」。

基本上，我是試圖告訴他：「趕快痊癒……否則你就完蛋了！」或許這不是一般常見的慰問卡，但是非常有效，因為他很快就痊癒了。不過我可沒有就此收手。

那幾年，我全心創作史上最嚇人的慰問卡，例如我在十歲時寫的這張卡片：

如果你不趕快好起來，我就會踢你、打你，砍下你的頭，
如果你不趕快好起來，我就會殺了你。

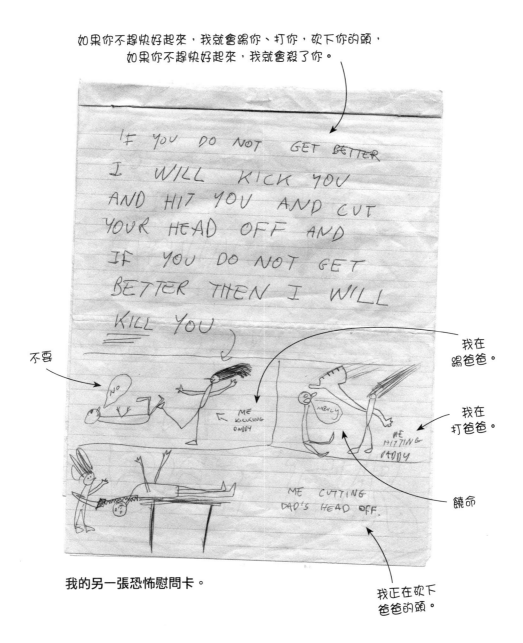

我的另一張恐怖慰問卡。

　　總之，我想你的心裡應該多少有個底了。我只能說，幸運的
是，長大後我是成為作家而不是醫生。

兒時的日誌。

不製作恐怖卡片的時候，另一件我很喜歡做的事，就是在我的「沒事做筆記本」裡貼滿我感興趣的報紙照片、恐怖片廣告，還有泡泡糖卡片。

不知不覺中，我創作了寫作日誌——但是我並不將之視為寫作日誌，只是覺得這麼做很好玩。

在筆記本中，我最喜歡做的事情之一就是惡搞從報紙上剪下的照片。「我頭痛得要裂開了。」就是早期的代表作。好啦好啦，我承認沒有那麼好玩……但是看看下面的瘋狂照片。

早期的幽默嘗試。

我頭痛得要裂開了。

8

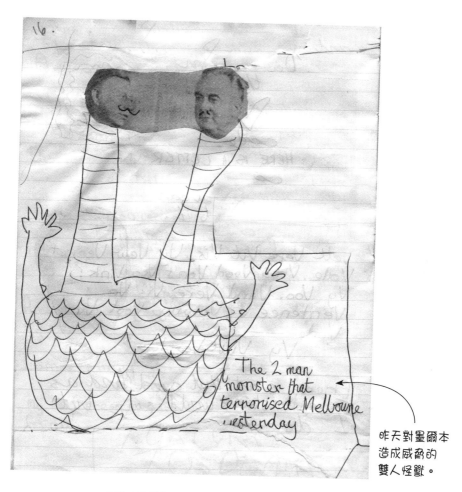

The 2 man
monster that
terrorised Melbourne
yesterday

昨天對墨爾本
造成威脅的
雙人怪獸。

我想我的意思是「雙頭怪獸」。

對啦，我知道，我知道⋯⋯這也沒那麼搞笑 —— 而且我的畫也實在不怎麼高明，不過重要的是，我獲得很多樂趣，本書的主旨就是關於樂趣。

即便你不是偉大的藝術家或是拼字高手，也能在文字和圖畫中度過開心的時光。

你可以從下圖看出誰贏了抽獎嗎？

猜對沒獎品。

　　某天，我在學校園遊會的二手攤位閒逛，幸運的用四十分錢買到這台鏽跡斑斑的老式打字機。帶回家後，我爸把它整理好，我找到一本打字教學書，開始自學如何使用打字機。

我仍保留著這台在小學園遊會買到的打字機。

我花了許多時間照著喜愛的書中段落打字。（當時我並不知道，對寫作初學者而言，這是練習寫故事的絕佳方式！）沒過多久，我就用進步神速的打字技巧，為七年級的班上同學製作寫滿笑話和搞笑新聞文章的雜誌。

我曾經以一份三分錢的價格販售我的《爆米花》雜誌。

十三歲時，我的第一篇短篇故事刊登在《休閒》（*Pursuit*）雜誌上，故事叫作〈迷失時光〉，描述要去墨爾本板球場看板球賽，卻神祕的被傳送到遙遠的未來。

這是我！

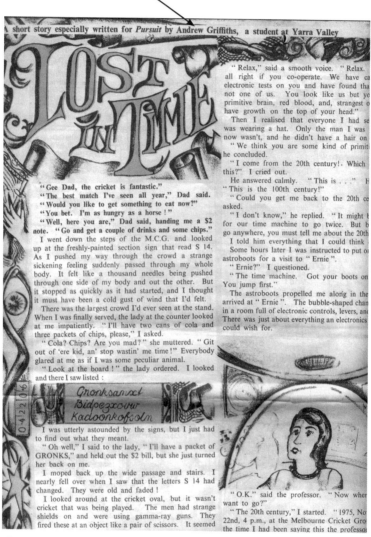

我的第一篇正式發表的短篇故事。

我的青少年時光就在寫故事、寫詩、寫歌，還有畫卡通自娛娛人中度過。將近三十歲時成為中學英文老師，開始寫故事娛樂我的學生。製作了許多十二頁的口袋書，在市集上販售。

初版的《就是惡搞！》是十二頁的口袋書。

這段時期寫的許多短篇故事在一九九三年集結出版，是一本創意寫作教科書，叫作《搖盪晒衣繩》。這本書不僅是我的第一本出版著作，同時也讓我認識了承接出版社插畫案子的泰瑞·丹頓。

我很喜歡泰瑞的插畫風格，於是一九九五年我們共同創作了另一個創意寫作系列——《太空垃圾桶》。

這兩本書已經絕版，買不到了，不過本書基本上算是它們的重新修訂版，使用我從一九九七年至今的所有著作。

《搖盪晒衣繩》

《太空垃圾桶》

我最早出版的兩本書是創意寫作教科書。

兩年後，第一本「就是」系列書——《就是惡搞！》出版了。值得一提的是，這本不僅是我的第一本純短篇故事書，同時也讓我認識了我的編輯——吉兒，她後來成為我的太太，從那時候起，她就經手編輯我的每一本書。「瘋狂樹屋」系列中的角色——吉兒的靈感也是來自於她。

（出自《瘋狂樹屋13層》）

吉兒（坐在飛天貓雪橇上）抵達安迪和泰瑞的樹屋。

只有
電子書版本 →

　　所以啦，你可以發現我小時候就以各種方式從文字和圖
畫中得到樂趣，而且現在仍然這麼做。在這本書中，我將會
示範四十五種你也可以做得到的方法。

壞媽咪壞爸比漫畫

　　在我和泰瑞所有共同創作的書中，我最喜歡的角色就是壞媽咪、壞爸比，還有那個總是問可不可以做超蠢或（又）危險的事情的小孩。絕大部分的正常家長都會說「不行」，但是我想要嘗試玩玩「作法相反的家長」這個點子，也就是說，他們應該說不可以的時候，都會改說可以。接著他們又會讓讀者大吃一驚，因為對自己未盡管教職責而發生在小孩身上的事，他們不會生氣，只會單純的聳聳肩說：「哎呀！」。

壞媽咪和車子超多的六線道高速公路

看看你是否能完成本頁的第一格，與下一頁最後一格的壞媽咪壞爸比漫畫配對。

我很喜歡創造一些角色，他們的言行舉止和你預期的相反，在我的書和故事中有許多例子，尤其是「壞壞書」系列。這些角色包括壞牙醫、壞獸醫、三個壞蛋和壞老師（見下圖）。

壞老師

注：蔬菜對你「並沒有」不好。

創意動手寫寫看

畫出你自己的壞媽咪漫畫

在一張紙上畫九個格子。想出一件小孩會想做的最危險、愚蠢又瘋狂的事。第一格中,小孩向爸媽詢問是否允許他做這些瘋狂的事。接著,經過這項行為可能產生危險的些許討論後,讓爸媽放棄,說:「可以」。然後讓我們看看接下來會發生什麼事。別忘了最後爸媽要說:「哎呀!」。

你也可以使用下列標題:

- 壞媽咪和通電柵欄
- 壞媽咪和揮舞電鋸的殭屍
- 壞媽咪和殺人鯨
- 壞媽咪和有毒的毒藥
- 壞媽咪和毛茸茸的可愛小兔子
- 壞媽咪和漩渦
- 壞媽咪和炸藥
- 壞媽咪和鱷魚出沒的河
- 壞媽咪和非常鋒利的刀子

玩刀子
非常危險。

創造角色

　　我剛開始書寫，後來集結成《就是惡搞！》一書中的故事時，試著以完全虛構的角色寫故事。但是這些角色並沒有帶給我「真實感」。不久後我發現，如果假裝在寫我和學校朋友的真實故事，效果好太多了。

我「借用」並誇大幾位好朋友的某些面向，例如丹尼‧皮克特，還有我對暗戀對象麗莎‧麥克尼的感情。甚至讓自己（或是某個版本的自己）當第一人稱敘事者。

丹尼‧皮克特　　麗莎‧麥克尼　　　　　　　　我

一九七二年，伊斯蒙小學，五年級。

這裡有一張我們五年級全班和老師詹森小姐的合照。在學習評量表上，她給我的評價是充滿幽默感。我想，幫我剪那個髮型的傢伙也很幽默。（謝啦，老爸！）

在真實生活中，丹尼‧皮克特是個從以前到現在，一直都是非常有趣，也熱愛趣事的人。當然啦，他偶爾會做些蠢事，但是他並不像安迪描述得那麼愚蠢，真實生活中，我也不像安迪這個角色這麼有勇無謀、衝動又自私。說故事的樂趣之一，就是你可以隨心所欲的改造，讓故事更加有趣。

超級誇大版本的丹尼和安迪。

安迪和麗莎扮成馬克白和馬克白夫人。

　　在「就是」系列中，我也以我的爸媽、鄰居，甚至我的狗炭炭為基礎，創造其他角色。真實生活中，我有兩個妹妹，蘇珊和茱莉，不過我把她們合併成一個名叫珍的角色（名字來自朋友馬克的妹妹），並且讓珍的年紀比安迪大，因為我覺得安迪更容易讓姊姊感到尷尬或生氣（尤其在她的男朋友面前）。

同樣的，「瘋狂樹屋」系列的角色建構在泰瑞（插畫家）、我自己（作家），以及我的太太吉兒（編輯）身上。真實生活中，我們三人愉快的共同創作這些書，天馬行空編造蠢事和解決難題。不過，容我再次強調，真實生活中的泰瑞並不是那麼沒有責任感或討人厭，我不那麼霸道，吉兒也沒有養一大堆動物，不過她確實有過一隻貓，就叫作絲絲。

《瘋狂樹屋26層》中，安迪和泰瑞正在一起工作。

《瘋狂樹屋26層》中，吉兒幫忙安迪和泰瑞治療因為吃了泰瑞的髒內褲而生病的鯊魚。

有時候，我以某種類型的人，而非特定的幾個人，當作角色的基礎。在「校園」系列中，許多角色都是以他們的主要人格特質命名。

「校園」系列中的角色。

　　例如暴躁小姐總是很暴躁，圖書館長噓先生總是對學生說：「噓！」費歐娜・麥聰明非常聰明，格蘭・架機一天到晚發明瘋狂的機器和工具，而臭屁先生則是自大愛面子的體育老師。

我也喜歡以人物的容貌特徵為他們取名字。例如大鼻子先生有一個超大的鼻子，木頭木腦船長是有一顆木頭腦袋的海盜，多塊頭弗雷的頭長滿一塊塊東西。

大鼻子先生

多塊頭弗雷

木頭木腦船長

不過，這些創造角色的方法都有一個共同點，那就是某種程度的誇大。我會選擇一個人的某項特色，然後把它變得很誇張。如果角色是壞人，那我就會讓他們變得「非常」壞；如果他們很無趣，我就會讓他們「非常」無趣。越誇張，角色的搞笑效果通常越好。

建立角色性格的快速方法，就是讓角色自己說話。

看看你是否能將以下對話框內容，和下一頁的角色形容文字配對。

A. 班不理基先生，自視甚高，未必明白自己在說什麼，不過對所有事情總是有意見。

B. 臭屁先生，自大又愛罵人的體育老師，執著於獲勝。

C. 貝蒂，長久以來因哥哥嘲笑所苦的狗大便。

D. 汪汪狗汪汪，總是吠個不停的笨狗。

E. 艾蓮諾・死登，凶狠殘暴，脾氣火爆的屁股戰士。

F. 利文斯通小姐，知識淵博、勇敢堅忍的替身女演員、冒險家、教師。

31

創意動手寫寫看

猜猜這是誰？

　　這個練習的主要目的，是用某種方式形容一個人，讓認識這個人的其他人能夠猜出他是誰。不要透露這個人的名字，或是他和你的關係。你可以形容他們的外表樣貌，以及模仿他們說話的方式。最常說哪些事、如何說這些事？或者描述他們的行為舉止。讓大家知道他們擁有什麼、手中通常有哪些東西、如何使用這些東西？

　　注意所有小細節，再微不足道的細節都不能放過，如此能夠幫助你用最少的字，表現出這個人的真實面貌。可以從下面的清單選擇要描述的人：

- 爸媽
- 祖父母
- 兄弟姊妹
- 表或堂兄弟姊妹
- 朋友
- 鄰居
- 老師
- 你自己

　　向朋友、家人或是班上同學讀一遍你寫下的描述，看看他們是否能猜出你寫的是誰。開心的寫，但是可別寫當事人聽到會不開心的內容。

以「你」為主角寫一則故事！

　　說一個精采的故事不需要編造充滿想像力的虛構角色，或是天馬行空的背景設定。要創造一個有趣而且充滿可信度的故事，最快的方法就是以全世界你最了解的角色（就是你！）當主角。選擇下列其中一個情境，描述接下來你會怎麼做。

- 你醒來發現自己無法說話，只能像狗一樣汪汪叫。

- 你在上課。天氣很熱。朋友們開始脫掉衣服……他們的襯衫……鞋子……襪子……連褲子也脫了！

- 你強烈懷疑老師是吸血鬼，更糟的是，你懷疑他們知道你發現他們的祕密了。

補充：如果你不知道該如何下筆，請見練習三十七〈快照〉。如果你想要繼續往下寫，請見練習四十五〈如果……呢？〉和練習四十三〈玩具的故事〉。另外參閱練習四十一〈我的 _____ 的那一天〉，可以幫助你創造引人注意的故事標題。

練習 3

選擇你自己的冒險

　　寫故事的初期，我最喜歡的其中之一就是探索故事所有走向的可能性。不過關於寫作，其中一件我很「不」喜歡的事，就是在各式各樣的選擇中做出決定。這就是為什麼我非常喜歡寫「選擇你自己的冒險」表格，因為你可以幻想許多可能性，在探索中得到許多樂趣。

〈完蛋蛋糕〉是我第一個創作的「選擇你自己的冒險故事」。這項挑戰是，你要為媽媽烤蛋糕，同時在烤蛋糕的十一個意外之一（當然幾乎不可能致命）中保住小命。

完蛋蛋糕

選擇你自己的烘焙命運

烤蛋糕：成功的食譜還是災難的食譜？一切取決於你。在這則故事中，由你做選擇。

你的名字叫安迪。明天是母親節，你決定要早起烤蛋糕，給媽媽驚喜。唯一的難題是你從來沒有烤過蛋糕，但是你當然不會讓這種小事阻止你。

祝你好運，烘焙快樂，無論做什麼，「務必小心」！

撰寫這篇「選擇你自己的冒險故事」，讓我得以探索烤蛋糕時可能（或極不可能）發生的意外。

你是否能夠正確配對下列烤蛋糕的意外和下一頁的致命下場？

烤蛋糕的意外

1

你拿放在上層櫥櫃的盒裝蛋糕粉時，意外碰到一顆藏在架上的保齡球。

2

你把蛋糕放入烤箱，打開瓦斯，但是忘記點燃爐火。

3

你製作蛋糕糖霜時，意外的用了老鼠藥而不是糖粉。

4

啟動攪拌機前，你忘記蓋上蓋子，麵糊像火山爆發一樣噴滿廚房。

5

使用媽媽新買的超強力食物攪拌機來磨碎胡蘿蔔，最後你連自己的手指頭也一起磨碎了。

6

你意外的把你的狗放進烤箱，害牠的尾巴著火。

致命下場

A

你跑出廚房，遠離亂七八糟的現場，結果一位坐輪椅的小老太婆撞倒你，並輾過你的頭。然後你就死掉了。

B

保齡球掉下來，打中你的頭。然後你就死掉了。

C

你努力幫狗狗的尾巴滅火，卻意外把狗沖下馬桶。愛狗的媽媽發現這件事。然後你就死掉了。

D

老鼠藥毒死你們全家。你因謀殺家人被判死刑。然後你就死掉了。

E

全身的血從你那新鮮現磨的手指頭流光光。然後你就死掉了。

F

你點燃火柴，然後整個廚房爆炸。你也爆炸。然後你就死掉了。

創意動手寫寫看

接下來會發生什麼事？

　　選擇其中一個情境（或是自己創造一個），然後寫出六種接下來可能發生的事 —— 越搞笑怪異越好。

1. 你正在做鬆餅，翻面的時候鬆餅飛出窗外……（鬆餅飛到哪裡？它可能會惹出什麼麻煩？）

2. 你在外面騎腳踏車，壓到香蕉皮，而且煞車不受控制……

3. 你正在照顧你那調皮搗蛋的五歲表弟。一切都很順利，直到你轉身，看到了……

4. 你正準備要睡覺，這時你發現一隻蜘蛛爬過天花板朝你而來……

補充：這項練習的重點，是要練習為故事創造各式各樣的選擇。不過如果你真的文思泉湧，何不使用你最愛的情境，並想像各種可能性，作為長篇故事的起點呢？（可以「選擇你自己」的風格，或是傳統路線。）

十二扇門

想像你站在十二扇門前。其中一扇門的後面有珍貴的寶藏，另外十一扇門的後面則是世界上最危險的事物。畫下或寫下每一扇門後各有些什麼。

練習 4

瘋狂的機器和發明

　　小時候我很愛看漫畫，書裡總是有精采的魔術戲法道具廣告，像是透視眼鏡、密探監視器，還有握手整人器。這些東西總是很吸引我，我想這就是為什麼我很愛幻想各種稀奇古怪的有趣道具和發明，讓泰瑞畫出來……以下是幾個例子。

他介紹我給他的犯罪幕後策畫同伴，他們即將完成邪惡的內褲縮水機器。

他們計畫用這台機器，讓全世界所有警察的內褲同時縮水！

內褲縮水機／增大機

泰瑞跳起來。「我現在就用視訊電話打給她！」

「可是吉兒沒有視訊電話。」我說。

「沒問題，」泰瑞說，「那就改用我新發明的『超彈力無限伸長鍍鈦通話管』。」

55

泰瑞的超彈力無限伸長鍍鈦通話管

（出自《瘋狂樹屋26層》）

大腦直輸科技頭罩 （出自《瘋狂樹屋13層》）

香蕉放大器 （出自《瘋狂樹屋13層》）

搗碎研磨機

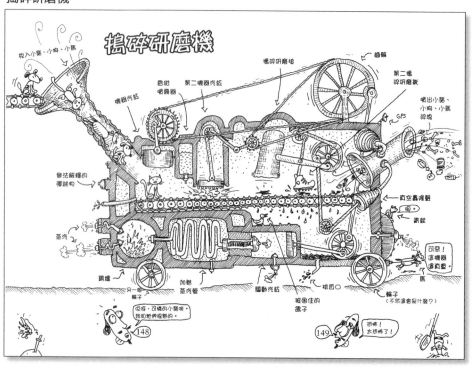

「噢，」他說，「我突發奇想，想要用食人鯊水槽洗內褲。我在水槽上方吊了假人，鯊魚以為是活人，就會跳起來想咬它，攪動水槽裡的水……你知道，就像洗衣機那樣。」

洗內褲機　　（出自《瘋狂樹屋26層》）

蔬菜消滅機　（出自《瘋狂樹屋13層》）

44

量水機　　　　　　　　　　　　　　　　（出自《瘋狂樹屋13層》）

（出自《瘋狂樹屋26層》）

腳踏驅動的重裝實驗迷你潛艇

自動刺青機 （出自《瘋狂樹屋26層》）

45

創意動手寫寫看

設計你自己的瘋狂機器

　　包括解釋機器如何運作及功能的標籤。如果你需要一些靈感，不妨試著設計下列機器。

- 寫作業機器
- 把弟弟變不見機器
- 殺蜘蛛機器
- 讓馬匹穿透金絲雀的機器
- 把貓變成狗的機器
- 時間倒流、快轉、變慢，或完全停止機
- 可以完全複製物品的機器：例如錢、食物，甚至你自己！
- 可以讓你隱形的機器
- 可以讓你在地面上、水裡、空中穿梭旅行的機器
- 消除父母記憶機
- 讓某人愛上你的機器
- 氣象控制機
- 讓隔壁的狗停止吠叫的機器
- 把小東西變大的機器
- 把大東西變小的機器

危險！危險！

　　我寫的故事中，有不少角色的處境非常危險，或是在做非常危險的事。他們常常會發現自己身在危險中做著非常危險的事，例如《瘋狂樹屋 26 層》困在著火公寓中的小男孩。

（出自《瘋狂樹屋26層》）

有時候想像力創造出的危險，嚇人的程度不輸給真實的危險。取自《寶藏熱》的這一段，傑克・嘲嘲想像了老師遲到的原因。

「如果她遇到意外呢？」紐頓說。

「我覺得不太可能，」珍妮說：「你也知道黑板小姐有多麼小心。」

「是沒錯，不過小心的人還是有可能遇上意外呀。」費歐娜說：「所以才叫作意外。也許公車出事了。」

紐頓的臉越來越慘白，幾乎不可能更白了。

「沒錯，」傑克接著費歐娜的話說：「也許路面潑滿油，公車打滑摔下懸崖……掉進有鯊魚出沒的水裡……然後鯊魚游進公車，活生生吃掉所有乘客……只剩下他們的骸骨。想像一下，如果黑板小姐的骸骨爬上懸崖，搭上便車到學校，接著走進教室，然後……」

「傑克！」珍妮說：「求求你，快住口！你快嚇死紐頓了！我相信黑板小姐一定沒事的！」

傑克・嘲嘲想像遲到的老師可能遇上的最恐怖情境，嚇壞可憐的紐頓。

當然啦，真實生活中沒有什麼比《超級壞壞書》裡的超級險路更危險……

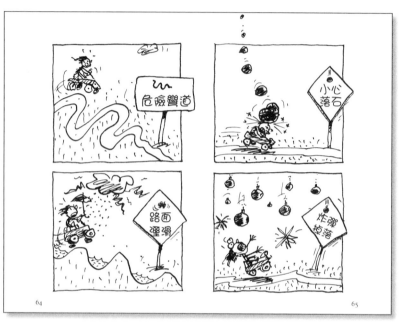

在「就是」系列中，安迪發現自己總是身在極端危險的處境中，包括：

- 坐在娃娃車上衝下陡峭的山坡。
- 綁著氦氣氣球飛高高。
- 被活埋。
- 從機車跳到行進中的汽車。
- 駕駛座的丹尼睡著的時候，幫忙握住方向盤。
- 在浴缸裡被兩坨神祕的褐色黏液緊追不放。
- 困在注滿水的淋浴間。
- 從晒衣繩高速飛出。
- 被憤怒的裸體人群追著跑。

看來處境越危險，讀者越喜歡。我想故事讓我們能夠體會身處險境的刺激，同時又不用承擔受傷的風險。

創意動手寫寫看

險路漫畫

　　畫你自己的險路漫畫。

　　試著想像所有你最害怕的東西，看看是否能將它們加入這條路上，變成可能出現的危險。

　　這些漫畫的架構非常簡單，一格只要一個路標，還有一件即將發生的壞事。如果你需要一些點子，可以使用下面這張清單：

- 落石、掉落的殭屍、掉落的大象、爆炸的大象
- 路面潮溼時打滑、潮溼時爆炸
- 前方有裸體人群
- 微睡眠可能致命、微綿羊可能致命
- 注意隱形牛群

為什麼黑板小姐遲到了？

　　以黑板小姐——更好的是你的老師——的身分寫一封道歉信給校長，解釋你為何上課遲到。

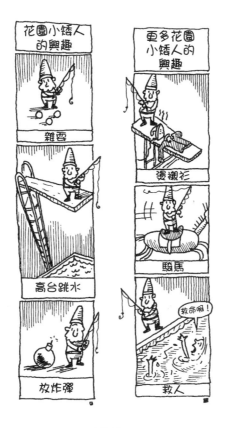

練習 6

＿＿＿＿＿ 日記

　　每天敍述發生在你 —— 或是虛構角色 —— 身上的事，是有別於傳統敍事的有趣選擇。日記可以建構在真實事件、誇大的事件、完全虛構編造的事件，或是混合上述三種寫法，例如下一頁的「超爛的假期」。我讓你自己決定哪些事情是真的、哪些是誇大的、哪些是全然虛構的。

超爛的假期

第一天：踩到狗大便

第三天：泳池裝滿狗大便

第二天：跳進沒水的泳池

第四天：被獅子追

第五天：被狗大便追

第七天：
冰淇淋掉到狗大便上

第六天：冰淇淋掉到地上

完

《就是驚嚇！》中有一系列「非常驚嚇的日子」日記內容。

日記不僅可以從人類的觀點敘述，幾乎也可從任何事物為出發點來敘述，像是冰箱、馬匹、刀子、花園小矮人……甚至屁股。它們都有自己的故事要說。

馬最喜歡哪種爛笑話？

注：OK繃的英文是「band aid」，「band」也有樂團的意思。

刀子可能會夢到什麼？　　　　可以信任自己的冰箱嗎？

在〈羅密歐與茱麗葉與丹尼與麗莎與我：完蛋愛情的日記〉中，安迪在一連串日記內容中描述《羅密歐與茱麗葉》的學校話劇表演。

第一週

十一月八日，星期一

我剛得到學校話劇表演《羅密歐與茱麗葉》中的羅密歐角色。老實跟你說，比起莎士比亞劇中演員，我覺得自己更像好萊塢的動作片英雄，不過我還是很努力得到羅密歐這個角色，因為我知道麗莎‧麥克尼已經選上演出茱麗葉，我想這可能是我能夠親她的最佳機會了。

我選擇以一系列日記的形式說故事，因為這樣就可以在故事進展的三週之間，快速切入關鍵和戲劇性的時刻。隨著表演之夜越來越接近，這種形式也有助於創造緊張感。

（不用說，安迪的祕密計謀當然沒有按照計畫進行，他也沒有親到麗莎！）

非常驚嚇日的日記

根據你在日常生活中遇到的小事，誇大（可以稍微誇張或是超級誇張）寫成一天份或是好幾天份的日記。問題越小，誇張之後就會顯得越有趣。

- 吐司烤焦了
- 找不到成雙的襪子
- 早餐玉米片盒子裡只剩一片玉米片
- 鞋帶一直鬆掉
- 以為今天是禮拜六，結果是禮拜五
- 在不對的日子打扮成書中角色的造型

非常驚嚇的日子

五月十四日，吐司正面朝下掉到地上的一天。

……或試試這個

_____ 日記（空白處由你自己填入）

從你的寵物、內褲，或是你最寶貝的物品的角度（假設內褲不是你最寶貝的物品），想像它們的生活。寫出它們典型的一週生活日記。它們生活中的亮點及（或）低潮會是什麼呢？

應該做的事和不應該做的事

「應該」要安靜坐著看書。

你可以從這張照片中看出,我從小就很愛看書。(也很愛趕時髦!)

我最愛的第一本書,是我祖母的一本老德文書,叫作《*Der Struwwelpeter*》(一八四五年出版),翻譯成中文是《披頭散髮的彼得》。

書中的故事告誡行為不佳的小孩。例如披頭散髮的彼得是個髒兮兮的小男孩，從來不洗頭，也不剪頭髮和指甲。（注意圖片中的標題：Merry Stories & Funny Pictures：歡樂的故事與有趣的插圖！）

「應該」要剪頭髮和指甲。

「不應該」吸大拇指……
否則看著辦！

這本書中的其他壞小孩包括玩火柴的哈麗葉，還有不停吸大拇指的小吸拇指。當然啦，這些小孩最後都因為自己的惡行而遭受可怕的下場。哈麗葉最後燒成一小撮灰燼，而倒楣的小吸拇指被拿著一雙大剪刀的長腿先生剪掉大拇指（一如他媽媽警告他的下場）。

當時我覺得這本書很可怕⋯⋯但是又很有趣。我不認為這本書能夠嚇到讓我當個乖小孩，不過確實讓我學到非常重要的事，那就是閱讀也能夠非常驚險刺激，充滿樂趣。

並且可想而知，這也促使我寫下自己的警世童話。其中包括〈問太多問題的女孩〉、〈吃下死蒼蠅的男孩〉、〈頭沒有鎖緊因此忘記帶頭出門的男孩〉。

很不幸的，警世童話很少有幸福快樂的結局。忘記把頭鎖上的男孩最後沒頭沒腦的過完一生⋯⋯而且也沒穿褲子。（學到的教訓：如果你要拆下頭，至少不要忘記把它鎖回去。）

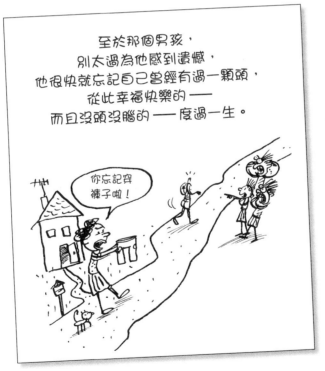

「不應該」忘記鎖上你的頭⋯⋯或是穿上褲子。

吃掉死蒼蠅的男孩長出翅膀，在房間和廚房飛來飛去，他媽媽誤以為他是蒼蠅，「啪」的一聲打死他了。（學到的教訓：不應該吃死蒼蠅。）

「不應該」吃死蒼蠅。

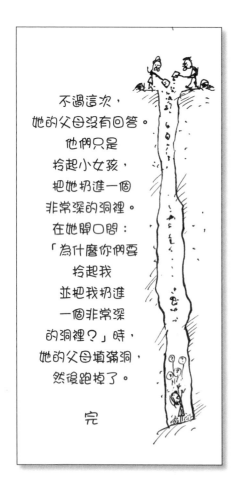

而問太多問題的女孩最後被她精疲力竭的父母埋進一個非常非常深的洞裡。（學到的教訓：「不應該」問太多問題煩你的父母，尤其他們是那種如果你問太多問題會把你埋進洞裡的人。）

《超級壞壞書》中，我最喜歡的警世童話是關於三個壞蛋，他們想出一個非常壞的主意，那就是上完廁所、挖完鼻孔，以及摸過寵物和其他動物之後不要洗手。

《超級壞壞書》中的三個壞蛋。

一如所有警世童話，可想而知，他們的壞行為導致他們得到各式各樣非常嚴重的疾病，包括稀奇古怪難以置信症。

下場淒慘的三個壞蛋。

當然啦，並不是所有警世童話都必須以故事呈現。可以是單純的「應該和不應該」插畫圖表，例如這幅餐桌禮儀指南。

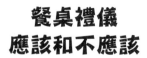

餐桌禮儀
應該和不應該

「應該」用刀叉。

「不應該」吃得像狗一樣。

「應該」要有禮貌，
並且為同桌的人著想。

「不應該」搶食物。

「應該」吃到
覺得飽得剛剛好。

「不應該」吃到
肚子炸掉。

吃完後「應該」詢問
是否可以離座。

「不應該」跳起來，大叫
「我贏了！」，踢翻餐桌
然後跑掉。

創意動手寫寫看

畫一張「應該和不應該」清單

　　使用下列一個或多個情境，寫下和畫出六個「應該和不應該」的行為清單。

- 教室裡
- 踢足球時
- 在奶奶家
- 在餐桌上
- 在高級餐廳裡
- 睡過頭時
- 在森林裡遇到大野狼時

……或試試這個

寫一則警世童話

　　如果你需要一點幫忙來起頭，不妨使用下列清單：

- 從來不說「請」或「謝謝」的女孩
- 挖鼻孔的男孩
- 追逐汽車的狗
- 騎寵物兔子的男孩

一些用餐規則

首先，吸引服務生的注意。

永遠要嘗試驚喜的異國料理。

當你的餐點上桌時：

牢記良好的餐桌禮儀，

並且一定要吐出盤子。

我超蠢的。

練習 8

愚蠢的事情

　　我們都曾有過愚蠢的念頭，也做過蠢事。蠢念頭最糟糕的，就是在執行之前它們都顯得聰明絕妙。「就是」系列中，角色安迪比誰都清楚這一點。他總是有一大堆蠢念頭，也做了一堆蠢事。（沒錯，他絕大多數的蠢念頭其實都來自我真正有過的蠢念頭！）

發生前

「嘿！我知道了⋯⋯我來用矽利康封住淋浴間，然後在裡面注滿水！」

發生後

〈與安迪一起洗澡〉

發生前

「嘿！我知道了⋯⋯如果我坐在小推車裡叫丹尼推我，一定會很好玩！」

發生後

〈失控的嬰兒車〉

發生前

「嘿！我知道如何把蟑螂趕出我的褲子了—— 只要脫下褲子，掛在浴室窗外，然後用力甩褲子就好啦！」

發生後

〈蟑螂〉

發生前

「嘿，我知道如何讓傑瑞米‧聰明在全校師生面前看起來很笨了。我只要跳進游泳池，救起溺水的男孩，然後說是傑瑞米把他推進水裡的就好啦！」

發生後

〈我討厭傑瑞米‧聰明〉

71

發生前

「嘿！我知道如何從垃圾桶找回我的橡膠小鴨了……只要我身體伸進垃圾桶，抓住它就好啦！」

發生後

〈垃圾〉

發生前

「嘿！我知道了……我要把一大束氣象氣球綁在身上，叫丹尼握住繩子，這樣我就可以來一趟短暫且在掌控中的飄浮啦。」

發生後

〈一個瘋狂、糟糕、愚蠢……的點子〉

不過如果你以為安迪很蠢，那你應該看看泰瑞的紀錄。相較之下，安迪簡直是天才。

（出自《瘋狂樹屋26層》）

「我做過的蠢事」圖表

寫下並畫出你做過的五件蠢事，可以是一些小事、你以前或最近做的事。如果你真的很聰明，從來沒做過 —— 或是自以為沒做過 —— 任何蠢事，那麼就畫別人做過的蠢事。

‥‥‥‥或試試這個

「嘿，我知道了‥‥‥」發生前和發生後

發生前

嘿，我知道了‥‥‥

發生後

畫一張「發生前」圖畫，圖中是你想到了一個蠢念頭。在圖畫下方寫一句話解釋念頭。然後在「發生後」圖中畫出蠢念頭的後果。收集所有圖畫，做成一本叫作《我們班做過的蠢事》班級圖書，放到學校圖書館，和全校分享你們的各種蠢事。

練習 9

日常史詩

你聽過「小題大作」這個成語嗎？意思是把小問題看得很嚴重，搞笑的角色常常會這麼做。事實上，搞笑角色正是因為這樣做才有趣。

在〈兩坨褐色黏液〉中，安迪試著將洗澡時的倒楣小事變成生死掙扎的噩夢。

「就是」系列中的故事，有許多其他安迪小題大作，或是把簡單過程搞成長篇大論的例子。我把這些事情視為日常的史詩，包括：

- 〈炸裂〉
  安迪在大型購物中心絕望的尋找廁所，結果變成一場史詩之旅，過程中他還意外引起火災……幸好他剛好帶著消防員該有的配備，順利撲滅烈火。

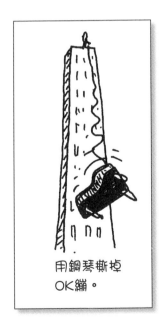

用鋼琴撕掉 OK 繃。

- 〈OK 繃〉
  安迪試圖讓撕掉 OK 繃變成莎士比亞等級的戲劇性大事。（撕還是不撕？這才是值得深思的問題。）

- 〈舔〉

  安迪想要舔第一口冰淇淋，可是一直
  被朋友、家人和海鷗打斷。

- 〈最後的加發巧克力〉

  安迪在電影院看詹姆士‧龐德電影
  時，弄丟了口袋中最後一顆糖果。他
  受到電影啟發，決定開始龐德式的任
  務，尋找最後一顆加發巧克力，讓其
  他電影院觀眾相當惱火。

最後的加發
——回歸

- 〈垃圾〉

  安迪試圖從垃圾箱中拿出寶物，最後
  卻掉進垃圾箱，被垃圾車載走，踏上
  一段非常噁心的旅程。

• 〈泥漿人〉

安迪和爸爸為了找回爸爸辦公室的鑰匙，全身光溜溜的、布滿泥巴，經過家附近的住宅區。這趟冒險最後變成安迪爸爸探索自我內心的轉變之旅。

為人生
瘋狂

爸在抱怨什麼？顯然是沒穿衣服被鎖在家門外，這已經超過他的極限了。

「爸，」我說：「你知道自己在說什麼嗎？你瘋了嗎？」

「當然知道。」爸的手摟著我的頭，「我就是瘋了。為生命瘋狂！我想要探索更多機會、攀爬更多高山、在更多河流中游泳、欣賞更多落日。安迪，人生苦短啊！你、我、媽媽和珍，我們都要逃離這種庸庸碌碌的生活。我們要離開城市，到大自然——到野外——赤身裸體的生活。」

我有一點擔心我們的新生活是否能夠順利進行，還有媽媽和珍回到家的時候會怎麼想，不過對我來說，聽起來還滿好玩的。

很瘋狂，但是很好玩。

創意動手寫寫看

幸好／不幸的故事

　　以單純的小問題為基礎，可以是來自你的生活或是後面列出的清單，寫一篇幸好／不幸的後果。

　　即使是最「平凡的」生活，也充滿各式各樣的難題和挑戰，都可以作為有趣故事的基礎。例如：

「幸好」那天是教職員工作日，我不用上學。

　「不幸的」是我必須去看牙醫。

　　　　　　「幸好」只是一個洞。

　「不幸的」是牙醫在我的牙齒裡發現一個大洞。

　　　　　　「幸好」只是檢查。

　「不幸的」是那個洞非常「大」，牙醫沒有足夠的填充物可以補牙。

「**幸好**」外面有些工人正在修補馬路，牙醫得以借用一些水泥。

「**不幸的**」是牙醫用了太多水泥，我的
嘴巴都塞滿了。

「**幸好**」我很擅長用鼻孔喝果汁。

幸好／不幸的故事開頭清單：

1.

「**幸好**」我在生日的時候得到一個風箏。

「**不幸的**」是風箏卡在樹上了。

「**幸好**」⋯⋯

2.

「**幸好**」我是第一個去洗澡的人，這樣就不必等著淋浴了。

「**不幸的**」是我洗好澡時才發現沒有毛巾。

「**幸好**」⋯⋯

3.

「**幸好**」我得到一台新的腳踏車。

「**不幸的**」是我騎過公園時，有一隻狗開始追我。

「**幸好**」⋯⋯

4.

「**幸好**」我的棒球隊打進總決賽。

「**不幸的**」是某個白痴在球場丟了香蕉皮。

「**幸好**」⋯⋯

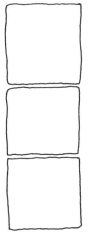

上面這幾幅漫畫格
是空的，請見諒。
漫畫角色在路上
遇到塞車，
無法準時抵達。

練習 10

藉口、藉口……

　　你可能不認為自己是個會說故事的人，不過我打賭，如果有你不想做的事，你一定有辦法編出一個好故事，解釋你為什麼沒辦法做。這類故事叫作「藉口」，絕大多數的人在有需要的時候，都很擅長編故事。

　　藉口可以是真實的，也可以是完全虛構的。藉口中若帶有真實元素，聽起來會更可信。

我寫過不少以安迪精心捏造的荒謬藉口為主題的故事，包括〈去睡覺！〉、〈我是機器人〉、〈非常非常好的藉口〉。

　　在〈去睡覺！〉裡——這是一篇完全以詩文加上注解寫成的故事——安迪盡全力捏造出各種可以不用上床睡覺的藉口。

但是媽和爸不理會我的話。
「安迪，」他們説：
「乖乖上床去！」16

「但是我的手指好痠，我的屁股
也發痠。我的腿好痛，手臂發麻
無感⋯⋯」17

「更不用説我長蟲子，還有
慢性背痛。
我的視線模糊，腦子也好痛！」18

「我的牙齒！我的舌頭！我的眼睛！
我的鼻子！我的扁桃腺！我的腎！
我的胃！我的腳趾頭！」19

16 「好吧，這是他們自找的⋯⋯」
17 「這些都不是真的——其實我健康得不得了，
　　反正他們不知道。」
18 「這些也都不是真的——除了蟲子。」
19 「其實，我越想越不舒服。」

情況看來不妙。他們真的很難對付。
不過我一定會贏。絕對不會
退讓一步。32
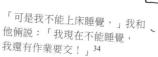

我要再試最後一遍。
此時就該拿出我的終極
謊言⋯⋯33

「可是我不能上床睡覺，」我和
他倆説：「我現在不能睡覺，
我還有作業要交！」34

「現在太晚了。」爸爸説。
「對啊，沒辦法。」媽媽
也説。35

32 除非我能想到其他藉口。
33 我的意思不是説謊很好，但是有時候爸媽逼得
　　你沒有選擇餘地。
34 這個嘛，其實我沒有説謊。我確實有功課，不
　　過我完全不打算寫功課。
35 顯然還需要再多説服他們。要來嘍⋯⋯

在〈非常非常好的藉口〉中，安迪上學遲到的藉口實在太複雜，他必須畫在黑板上才能完整解釋。安迪的藉口故事荒謬無比，包括：

內褲太緊

闖空門

關進監獄

一個惡名昭彰的罪犯

大膽逃獄

沒過幾分鐘，他就在監牢地下挖出一條通往圍牆外的隧道。

獲邀加入國際犯罪組織

他帶我回到他的國際犯罪總部。

國際犯罪總部

犯罪總部

內褲擴大機

「沒問題，」緊吱吱說：「站在X標記上，準備好內褲瞬間擴大！」

開庭然後警察護送到校

然後他說：「為了獎賞你的大功勞，我會派遣員警護送你直接到校。」

警察

　　很不幸的，安迪花了很長的時間才說完他的藉口，說完的時候已經放學，大家都回家了，老師也是。

在〈我是機器人〉中，安迪假裝自己是機器人，想要逃避做家事。

「否－定－。」我説：「這－超過－我的－能－力－範－圍。這個－不在－我的－程－式－裡。」

「不然，幫我分類這些洗好的衣服呢？」爸爸説：「機器人最適合做這份差事了。精細又具重複性。你看，這隻襪子和這隻襪子一對。這隻襪子和這隻襪子一對。」

「否－定－。」我説：「我不是洗好的－衣服－分－類－機。這個－不在－我的－程－式－裡。」

「我要一個叫他做什麼，卻什麼都不會的機器人有什麼用？」爸爸説：「機器人就是發明來幫助人類的。」

「確－認－。」我説：「但是機－器人並不是奴隸。我們也有權利。況－且，如果我沒有寫入泡咖－啡的程－式，我要怎麼泡咖－啡？程式無法計－算。」

「這樣啊。」爸爸皺著眉頭説。

「不然你把頭伸進馬桶然後沖掉？」珍説。

「否－定－。我的－程－式－沒有寫入這個。」我説：「不過我的程－式可以讓我把『妳的』頭塞進馬－桶裡然後沖掉。」

創意動手寫寫看

編藉口

選擇下列中的一件事，然後寫下十個為什麼你不能做這件事的藉口。

- 上床睡覺
- 整理房間
- 完成這個寫作練習
- 上學
- 寫作業

非常有用的「殺死國王」藉口

寶貝，可以幫我把垃圾拿出去嗎？

不行，媽媽，我必須殺死國王。

你的作業在哪裡？

老師我沒有時間，我必須殺死國王。

吻我。

不行！我必須殺死國王。

在家裡試試這個藉口。真的很有用。

……或試試這個

對話

想像某人要求你做上列清單的其中一件事。寫下你們兩人之間的對話，對話中你要嘗試各種藉口，解釋為什麼你可能沒辦法做那件事。同時對方會為你的每個藉口編出解決方案。你可以隨心所欲的讓對話變得非常認真，或是非常蠢。（下列對話是屬於比較蠢的那一邊！）

我：「我沒辦法掃地。」
大人：「為什麼沒辦法？」
我：「我的腿斷了。」
大人：「來，用這根柺杖。」
我：「天啊，謝了……但是我必須去上學。」
大人：「你不用去學校。」
我：「為什麼不用？」
大人：「因為今天是星期六。」

練習 11

大爆炸

　　我很喜歡大爆炸。大爆炸超酷的,而且會爆炸的大爆炸更酷。會爆炸的爆炸的大爆炸更酷,更不用說會爆炸的爆炸的爆炸的大爆炸有多酷!我想許多我的著作中都有大爆炸這點並不令人訝異,而且很幸運的,泰瑞‧丹頓非常會畫大爆炸。

爆炸的大胖牛

爆炸的魚 （出自《瘋狂樹屋26層》）

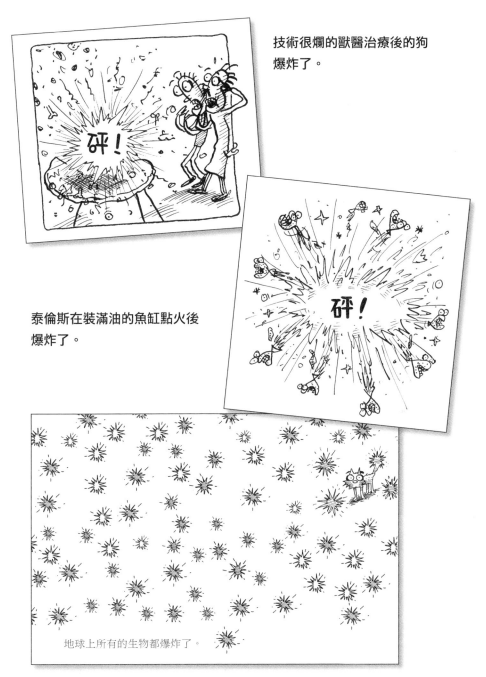

技術很爛的獸醫治療後的狗爆炸了。

泰倫斯在裝滿油的魚缸點火後爆炸了。

地球上所有的生物都爆炸了。

在一個充滿爆炸的故事中，地球上所有的生物都爆炸了。

壞寶寶吹滿氣之後爆炸的聖誕老人。

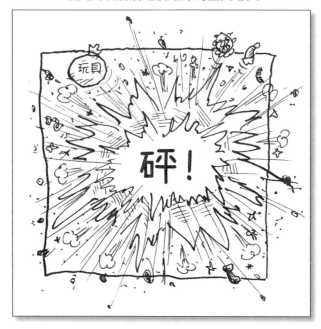

壞寶寶玩了手榴彈之後爆炸。

一隻很壞的狗給貓的驚喜。

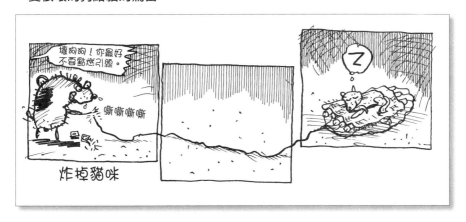

貓咪爆炸了⋯⋯

被一條很壞的魚耍了的漁夫爆炸了。

大鼻子先生的鼻子爆炸了。

（出自《瘋狂樹屋13層》）

「屁屁書」系列（《我的屁股抓狂的那一天》、《冥王星的殭屍屁股》、《屁股末日：最後的屁擊》）充滿各種爆炸的東西。以下只是冰山一角：屎臭甘特——又名沒擦過的大屁股——上的巨大痘痘，幫助艾蓮諾和查克噴射推進到故事的下一部分。

> 「沒問題，」艾蓮諾張開雙臂，將自己緊壓在痘痘上說：「爬痘痘，小事一樁。」
>
> 痘痘彷彿用黏土做的，她的身體所及之處便陷下去。艾蓮諾只用手掌平坦的部分和膝蓋，在痘痘上製造出小小的凹陷，在痘痘上移動的速度也意外的輕快。
>
> 查克也張開雙臂跳上去。攀爬的同時，他感覺痘痘裡的汁液在底下噗嚕嚕翻騰滾動。
>
> 他們爬上痘頂，痘痘越來越鼓脹，出乎查克預料的快，他發現自己和艾蓮諾已經坐在痘痘膿汁飽滿的頂端。
>
> 「你準備好了嗎？」艾蓮諾說。
>
> 「大概吧。」查克回答。
>
> 「抓住我的腿。」艾蓮諾說。
>
> 她趴下，用雙臂圈住查克坐著的痘痘下方。她用盡全力擠壓痘痘。
>
> 查克感覺下方的膿汁如大泡泡般鼓起，但是膿汁仍困在橡膠般薄透的痘痘皮膚下。
>
> 查克翻找腰帶，發現一組縫衣針。
>
> 他拿出一根看起來最粗、最尖銳的針。
>
> 「這個或許有用。」他說，然後把針猛然插入痘痘頂部。
>
> 的確有用。
>
> 噗嚕嘰！
>
> 痘痘有如融化乳酪噴泉般爆發，艾蓮諾和查克隨之噴射到空中，飛向屁股之海。

創意動手寫寫看

畫一些爆炸的東西

　　想像某個東西爆炸，例如你的臥室、你的頭、你的老師、你的弟弟或妹妹、你的寵物……等。

　　他們會如何爆炸呢？

　　爆炸的時候可能會飛出什麼東西？

　　畫一幅屬於你的大爆炸，並加上標題。

吸血奶奶爆炸。

練習 12

快速寫作

　　獲取寫作靈感的方法中，就我所知最好的方法，就是單純的動筆書寫。我會設定計時器，倒數三分鐘，然後用最快的速度開始寫作，整整三分鐘完全不停筆。如果沒有任何可寫的題材，我就會寫關於任何沒有可寫的題材……不用多久我就會對此感到厭倦，然後開始寫一些比較有趣的事情。

我必須為《寫作力大爆發》寫一篇沒有東西可寫的範例，但是我想不到任何可寫的題材，只要思考這點你就會覺得相當詭異，因為我正在寫一本關於寫東西的書，所以我應該要能想出一大堆可以寫的東西，但是現在我就只是正在填滿這張白紙──糟糕，我的意思是用滿滿關於沒事可寫的字眼填滿這張白紙，因為我想不出來該寫什麼──啊！終於，計時器倒數三分鐘到了！

I have to write an example of not being able to think of anything to write about fre 'once upon a slime' but I can't think of anything to write about which is kind of weird when you think about it because I'm writing a whole book about what to write about so I should be able to think about a whole LOAD of things to write about but here I am just filling up a blank of sheet papper — oops, I mean blank sheet of papper with words about nothing about anything much because I can't think what to write about — ah! At last, the timer has gone off and my 3 minutes are up!

我在三分鐘之內不停筆，寫關於沒有任何事情好寫的事情。

有時候我會以「藍色」、「牙齒」、「樹」或「狗」之類的隨機字詞開始書寫。我在書桌旁邊放了一個裝滿隨機字詞的袋子，當成摸彩袋使用。我們每個人內心都有許多故事，有時候只要一個字詞，就能將其釋放。

When I was growing up everybody just let their dogs run around the streets and they would be fighting with each other and chasing cars and pooping wherever and whenever they felt like it and nobody was running around with little plastic bags picking up after them. One dog, a beagle named Ricky used to sleep in the middle of the road. He got hit by a car and had to get his jaw wired up and after that his top jaw didn't quite match up with his bottom jaw which made him look kinda stupid. I remember Kerry, the girl whose dog it was, saying 'I can't wait until Ricky dies and then we can get a new dog that doesn't look so dumb.'

我的成長過程中，大家都讓自己的狗在街上到處亂跑，牠們會打架、追汽車、隨處大便，而且沒有人會隨身帶小塑膠袋撿起狗大便。有一隻叫作瑞奇的米格魯常常睡在馬路中央。牠被車撞了後必須用鐵架固定下巴，而且在那之後牠的上顎和下顎對不太起來，因此看起來笨笨的。我記得那隻狗的主人是一位叫凱瑞的女孩，她說：「真希望瑞奇趕快死，這樣我們就可以養一隻看起來沒這麼蠢的新狗。」

我用「狗」這個字完成的一篇快速寫作。

另一種我喜歡的寫作開頭方式是用「我討厭……」、「我很怕……」、「如果我……」、「我最喜歡的電影之一……」，或「我記得……」。

> I remember being a bit scared of escalators when I was little because I thought that your toes might get sucked into the top if you didn't jump off properly. I remember I couldn't wait to open a new box of cereal because they used to put a little plastic toy at the bottom. I remember how big and mysterious the pine forest at the end of our street used to seem. I remember our pet tortoise, Lucky, who used to escape on wet rainy nights. I remember how exciting it was when our grade 5 teacher, Mrs Jensen, brought a tape recorder in for us to play with. I used it to record a comedy race call...('And chewing gum is stuck to the starting line...')

我記得小時候我有點怕電扶梯，因為我覺得電扶梯到盡頭的時候，如果不趕快跳開，腳趾頭就會被捲進去。我記得我總是等不及就打開一盒新的早餐穀片，因為以前穀片底部會放入塑膠小玩具。我記得某條路盡頭的松樹林看起來又大又神祕。我記得我們的寵物烏龜——幸運，總是在濕答答的雨夜逃脫。我記得有一次五年級的老師詹森女士，帶了一卷錄音帶讓我們播放時有多麼令人興奮。我用來錄好笑的賽事評論。（「口香糖黏在起跑線……」）

我用「我記得……」作為主題完成的快速寫作。

很多人問我增進寫作能力的訣竅。當然啦，這本書中有許多建議，不過我心目中的第一名訣竅，就是每天花時間練習寫作，而快速寫作正是理想的練習方式。先從最容易的目標開始，例如每天五分鐘，然後再慢慢增加時間。

　　我喜歡用簡單、便宜的練習本寫作，這樣我就不會覺得必須寫得很「工整、正確」。除非是要讓其他人讀，否則這些只是給我自己看的——讓我能夠玩樂、實驗，做自己的地方。

並不是所有的寫作都用來出版。這堆是我多年來累積的寫作練習日記。

創意動手寫寫看

快速寫作

選擇一種敘述方式，或從後面的「開始快速寫作隨機字詞」中隨意選一個字詞。連續書寫三分鐘不中斷。無論如何，不要去想已經寫下的東西，或是嘗試控制及編輯。（你可以稍後再編輯──這裡的重點是把字詞和想法寫在紙上。）一定要真誠，看看寫作帶你前往何處。注入你自己的經驗和情緒，就能得到你需要的各種點子。

隨機的句子：

- 我討厭……

- 我很怕……

- 我被……惹惱

- 我喜歡……

- 我認為……

- 我以前認為……

- 昨天我……

- 但願……

- 發生……的時候我超級尷尬

- 我做過最蠢的事情是……

- 我真正想寫的是……

- 我永遠不會忘記……

- 如果我……就好了

- 我最喜歡的電影之一是……

- 我記得……

- 我很自豪……

- 我對……並不自豪

- 我嫉妒……

- 只要……我就很開心

- 小時候我最喜歡的玩具是……

- 做白日夢的時候，我會……

- 我最喜歡的地方是……

- ……的時候我會有罪惡感

- 我喜歡獨處，因為……

- 我不喜歡獨自一個人，因為……

- 我希望……

- 我就是……的人

- 我做過最危險的事情是……

- 我的缺點是……

- 有一次我從錯誤中學到的教訓是……

- 有一次我說謊……

- 我的表／堂兄弟姊妹是……

- 長大最糟糕的事情是……

- 上一次我哭是……

- 我第一次……

開始快速寫作隨機字詞：

藍色	食物	腿
牙齒	家	眉毛
聖誕節	寵物	海灘
生日	眼睛	公園
鞋子	足球	汽車
太陽	冰淇淋	耳朵
月亮	蘋果	襪子
風	當間諜	泥巴
晒傷	午餐	水
帽子	早餐	派對
學校	作弊	電子郵件
球	夏天	惡霸
打架	吐司	鑰匙
蜘蛛	蛋	滑板
狗	蛋糕	腳踏車
貓	OK 繃	意外
魚	床	醫院
朋友	睡覺	醫生
奶奶	噩夢	牙醫
爺爺	夢	蔬菜
兄弟	蜜蜂	水果
姊妹	蛇	沙子
鬼	書桌	游泳池
樹	書	電話
河流	短褲	假期

食物好好玩

　　我一直很喜歡鮮奶油和草莓。事實上，我小時候因為太愛吃鮮奶油和草莓，曾經幻想在填滿鮮奶油和草莓的房間裡游來游去。

　　鮮奶油雖然柔軟，不過又濃稠到足以支撐我的身體，而且我想像自己一輩子都張著嘴巴，一邊游來游去，一邊大口吸入草莓和鮮奶油。

一切看似完美——只要不用擔心該在哪裡上廁所，還有鮮奶油會不會過一陣子就壞掉，嘿，幻想的重點不就是不需要擔心現實考量嗎？

在〈用五十個左右的字寫出我為什麼喜歡巧克力脆圈〉的故事中，我就用上了這個對食物的幻想，不過安迪是想像自己在裝滿牛奶和巧克力脆圈的房間中游來游去。

我知道一輩子在滿是鮮奶油和草莓，或巧克力脆圈和鮮奶的房間游來游去，可能不是每一個人的願望，不過有一件事情是肯定的：關於食物的幻想是樂趣無窮的。

「瘋狂樹屋」系列就充滿「食物奇想」。例如安迪和泰瑞有一台棉花糖機跟在他們身邊，他們肚子餓的時候就會發射棉花糖到他們的嘴巴裡。他們也有一台香蕉放大機，還有蔬菜消滅機，這樣他們就永遠不必害怕必須吃下球芽甘藍之類的東西。

安迪和泰瑞做爆米花的時候，他們拿掉蓋子，跑來跑去用嘴巴接住新鮮剛爆好的爆米花。需要解渴的時候，他們就會到汽水噴泉旁張大嘴巴接泉水。

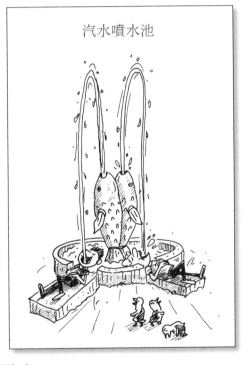

汽水噴水池

安迪和泰瑞以瘋狂樹屋風格吃爆米花和喝汽水。

他們也有一間冰淇淋店，共有七十八種口味的冰淇淋可供選擇，包括金魚驚喜、飛天猴，還有酥炸甜甜圈口味。

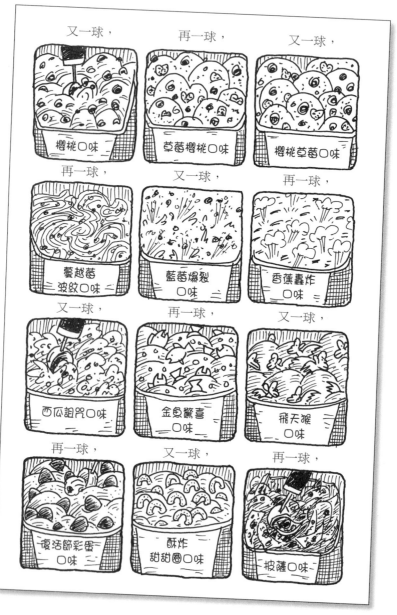

（出自《瘋狂樹屋26層》）

當然啦，並不是所有的食物奇想都一定要「充滿樂趣」。有時候這些幻想可能會很致命，像是泰瑞喝完汽水和嚼完泡泡糖後，吹出的泡泡實在太大又充滿嗝，他被困在泡泡裡，飄出樹屋。

泰瑞困在灌滿嗝的泡泡糖吹出的
泡泡裡，飄離樹屋。

（出自《瘋狂樹屋13層》）

食物在食用之外，當然也有其他用途：巨大香蕉非常適合用來趕走樹屋裡不請自來的猴子

（出自《瘋狂樹屋13層》）

一如丹尼和安迪在《就是蠢！》的故事〈食物大戰〉中的發現，幾乎所有食物都能當成武器。

危險的食物：

削尖的香蕉

鳳梨
（有放射性）

點燃的蘋果

高空
汽油彈草莓

在戰鬥中
使用鳳梨：

左手抓住鳳梨。

右手拔起一根
尖銳葉片，然後
塞入鳳梨。

快跑！

奇想食物機

設計自己的奇想食物機。

畫出機器並形容機器的功能、特色，以及機器可能造成的危險。可以使用下列點子。

⋯⋯的機器：

- 把任何食物變成巧克力
- 可以讓食物活過來、讓你可以跟食物玩
- 把灰塵變成食物
- 把糖果變隱形（這樣比較容易藏起來）
- 可以把任何類型的食物變成大蛋糕（例如：棉花糖蛋糕、雷根糖蛋糕、泡泡糖蛋糕）

棉花糖機

⋯⋯或試試這個

食物大戰

列出食物大戰中最厲害的十種食物。製作解說圖表，介紹如何使用每一種食物攻擊對方，或是保護自己免受攻擊。

⋯⋯也可以試試這個

設計一間餐廳

　　現在你有機會為你自己，或是某個特定顧客群，打造一間提供終極用餐體驗的餐廳。你可以用文字描述造訪這家餐廳時的情形，或者你也可以選擇較容易表達的附標示解說圖，或是結合文字敘述和解說圖。無論選擇哪一種表達方式，你都必須考慮：

- 餐廳的名稱
- 內部裝潢──餐桌、椅子、掛畫⋯⋯等
- 菜單
- 是否提供餘興節目

餐廳的主題可以是：

- 運動
- 動物
- 異國風和奇特料理
- 完全虛構的幻想食物
- 全部都是液態的食物
- 危險的食物

你的餐廳可以為人類所設計，也可以是專屬於下列族群：

- 狗、貓、牛等
- 外星人
- 殭屍
- 吸血鬼
- 女巫

練習 14

塗鴉

　　玩弄現有的文字和圖畫，幾乎與親自書寫和畫畫一樣有趣。
翻玩的方式百百種，不過最重要的就是要有一支筆與一顆玩心。

這是我七年級的學期日程表，你會發現與其有效利用日程表規畫時間，我反而把時間花在「修訂」學校的運動行為校規上。

1. 在（**爭吵打鬧的**）賽程之前、賽程中，尤其是賽後，積極培養各隊伍與各校之間良好（**差勁**）的運動精神。

2. 每一場比賽皆由裁判監督，務必（**不必**）遵守其權力與裁決。對裁判若有辱罵或恫嚇行為，將交由主裁判，（**而不是**）進球裁判或達線裁判。

3. 各隊的隊長必須堅持其球員將球（**睪丸**）當成他們的目標。他不會（**會**）允許他的隊員騷擾對手，尤其是球（**睪丸**）在場上的另一邊。

4. 觀眾不只須（**只須**）支持自己的隊伍，也應該（**不應該**）表現出對敵對隊伍隊員的讚賞。他們不應該（**應該**）向敵對隊伍或該隊隊員喝倒采。比賽時，他們不應該（**應該**）站在圍欄內，或者在沒有圍欄的場地應該保持至少五公尺的距離。

5. 各隊隊長或裁判，或是在萬不得已時，參與競賽的學校校長會讓觀眾或隊員明白賽事規則，在他們的意見中，這些是被漠視（**不被漠視**）的規則。

七年級學期日程表的其中一頁。

(b) **Code**

1. A ~~good~~ bad spirit is to be actively fostered between teams and between Schools, before, during and particularly after a game, in brawls.

2. Each game is under the control of the Umpire whose authority and decisions must not be respected. Abuse and intimidatory tactics must ~~not~~ be directed at the central umpire, not the goal umpires or the line umpires.

3. The Master-in-charge of each team is bound to insist that his players make the balls their object. He will ~~not~~ allow such practices as the deliberate annoying or 'niggling' of a player by his opponent, especially when the balls are in another section of the ground.

4. Spectators should ~~not~~ only barrack for their own team, but are not to show appreciation of good play or noteworthy effort by players in the opposing team. They must ~~not~~ barrack against their opponents ~~still less or~~ direct unpleasant or belittling comments at the opposing team or at any player in that team. They must ~~not~~ stand inside the fence, or within five metres of the boundary of an unfenced playing field during the game. They may ~~not~~ converge on the teams during the breaks between the quarters.

5. The Master-in-charge of each team, or the Sportsmaster, or in the last resort, the Headmasters of the competing Schools, will draw the attention of spectators or of their own players to the points outlined in this Code, if, in their opinion, these are being ~~dis~~regarded during the games.

《就是惡搞！》初版封面就是假裝成惡搞安德魯・格里菲斯爵士的《淡水魚的夢幻世界》，書中的主角安迪在封面上塗鴉，想要讓這本書變成自己的著作。

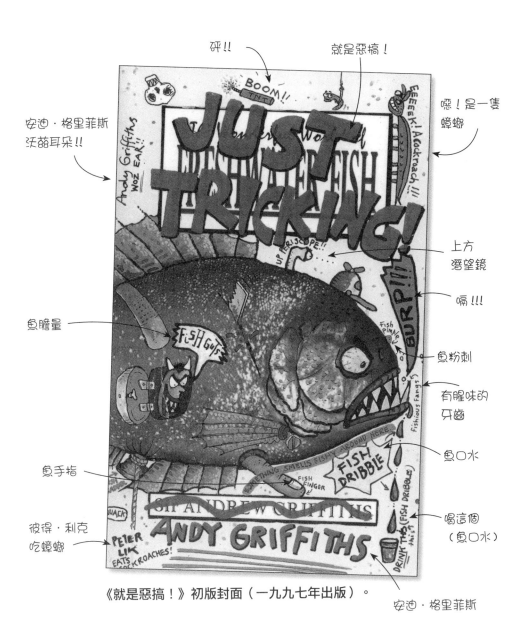

《就是惡搞！》初版封面（一九九七年出版）。

就是惡搞！

安德魯（**安迪**）·格里菲斯爵士無疑是全世界數一數二的淡水魚專家（**惡作劇專家**）。在這本特別的精采新作中，收錄他畢生發現的淡水魚品種（**惡作劇手法**），打造出夢幻美麗——偶爾無比驚人——的淡水魚（**惡作劇上癮**）專家的私生活。本書附有精美插圖，不僅是視覺饗宴，更是釣客（**無賴**）、業餘生物學家（**惡作劇者**）、學校教師（**小丑**）、專業魚類玩家（**搞笑人士**）以及科學家（**惡作劇高手**）的實用指南。

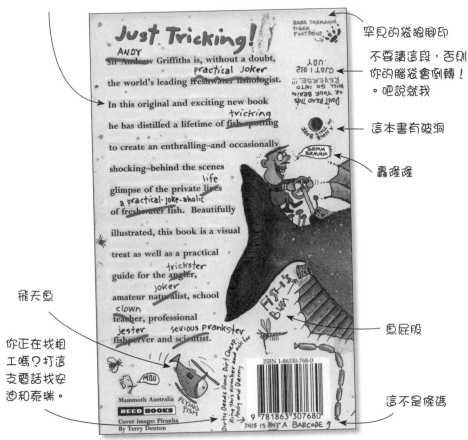

《就是惡搞！》初版封底文案想要做出安迪在圖書館的魚類書籍上塗鴉的效果。當然啦，製作此封面的過程中，沒有任何一本真正的圖書館藏書遭受傷害。

封底文案經過安迪改造，變得和魚類無關，而是全都關於惡作劇。

在〈聖誕快爛和恭賀新死〉故事中，安迪攔截姊姊寄給朋友的聖誕卡片，把賀詞改得……怎麼說呢？比較沒那麼聖誕味，亂畫聖誕老人的臉，把他們變得……怎麼說呢？比較沒有聖誕氣息……

現在該說內心的祝福了。聖誕快樂？才不是。我把快樂的「樂」改成「爛」。恭賀新禧嗎？如果我把「禧」改成「死」的話就是另一回事啦……這樣就變成「聖誕快爛，恭賀新死」。

我瀏覽剩下的卡片，改掉賀詞，幫聖誕老人加上眉毛、疤痕、小鬍子、鼻環、眉環、刺青、觸鬚，還有火星人耳朵。完成後，每個聖誕老人都長得不一樣，唯一的共同點，就是如果你在街上看到他們朝你走來，你會轉身拔腿就跑。

但是他寄出這些卡片後，卻對自己的所作所為充滿罪惡感，晚上還做了可怕的噩夢。

不過，最後珍的朋友愛死這些充滿龐克感的聖誕老人，還激發了他們的靈感，改造自己的聖誕老人，包括重金屬聖誕老人、油漬搖滾聖誕老人、嘻哈聖誕老人，還有科學聖誕怪老人。

創意動手寫寫看

在文字和照片上塗鴉

　　找一份你可以在上面隨意塗鴉的報紙或雜誌。現在執行下面一系列任務：

1. 把照片中的人變成外星人。

2. 把另一張照片中的人變成殭屍。

3. 在上述兩張照片加上對話框。

4. 塗改一篇文章的標題和內文，改變文章的意思。

5. 找一篇廣告，為廣告中的人加上對話框，對話中說明代言的產品有多糟糕。

6. 在廣告中加入一些殭屍和外星人。

剪貼故事技法

　　從雜誌中找一篇文章，將文章剪成零散的句子，混合後重新組合成文章。

　　或許文字內容不會有什麼意義，但是你可能會因此意外發現有趣或是奇異的字詞組合。

　　把你最喜歡的組合寫在清單上。

　　這些組合是否能激發靈感，變成可用的標題？或是可以提供故事點子？

很久以前／很多人／被發明，
其他人認為／他們做夢／像
望遠鏡。
月亮／它只是／另一個世界。
其實／它實際上
月亮是神。／人看見
他們迷惘／而有些人想
天空中的光。／那是
一大球起司！

Long ago many people were invented,
Others thought They dreamed like.
telescopes
the moon it was just another world.
what it was was really

the moon was a god. men saw
They wondered And some thought
a light in the sky. it was a
big ball of cheese!

練習 15

我討厭……

　　我寫過許多包含我喜愛的事物的故事，像是棉花糖、機器人、大爆炸和時光旅行。另一方面，我也寫過許多包含我「討厭」的事物的故事，包括郵局大排長龍的隊伍，撕起貼太久的 OK 繃、尿急的時候在大型購物中心找廁所，更不用說球芽甘藍……

球芽甘藍，我的意思不只是我**真的**很討厭球芽甘藍，我的意思是我**真的真的**很討厭球芽甘藍。
我說**我真的真的**很討厭球芽甘藍，我的意思不只是**我真的真的**很討厭球芽甘藍，我的意思是
我真的真的真的真的真的真的
真的真的真的真的
很討厭球芽甘藍。

誰不討厭呢？
它們綠綠的。
它們黏糊糊的。
它們有個臭土味。
它們好恐怖。
它們臭死了。
它們最爛了。
除此之外，我很喜歡球芽甘藍。
才怪。我在開玩笑。球芽甘藍沒有任何討人喜歡的地方。完全沒有。它們最噁心了

你或你筆下角色討厭的東西的最大優點，就是你永遠不會沒有題材可寫。

而且極可能在費盡心力將感受付諸文字後，你會覺得好多了。如果其他人讀了你的文字，可能還會被逗笑，或是被弄哭，或是對你的立場感到憤怒，或者也許他們只會感到很安心，因為他們並不孤單。

「就是」系列中的許多故事，都源自安迪對幾乎萬事萬物的無盡痛恨呢！

安迪討厭的十八件事物

1. 傑瑞米‧聰明

2. 學期假日

3. 討人厭的姊姊珍

4. 珍的討人厭男友奎格

5. 露營車假期

6. 球芽甘藍

7. 在大型購物中心找廁所

8. 郵局大排長龍的隊伍

9. 浴缸中的團狀物

安迪的
奎格‧班內特
指南

① 髮膠不夠的頭髮。

② 像大猩猩的原始人眉毛。

③ 遲鈍、腦袋空空的眼神。

④ 笨到沒人想親的嘴巴（老了很可能會流口水）。

⑤ 尼安德塔人般的肩膀。

123

10. 鄰居的嚇人花園小矮人

11. 看電影時坐在髮型太蓬的人後面

12. 搖擺樂團、四年級的老師布萊利先生、
    花園小矮人麥克德夫

13. 數學

14. 照顧討人厭的小表妹

15. 沒有贏得學校的短篇故事比賽

16. 踩到蝸牛的聲音

17. 上床睡覺

18. 以為自己是滅火英雄，結果
    發現只是一場夢，而且還尿床了

創意動手寫寫看

寫一張「我討厭」清單

　　試著寫下你討厭的所有事物——只要你討厭它們，不論真實或幻想事物都可以！

　　看看你是否可以寫出至少五項，寫出五項後，試試看是否能寫出十項，寫出十項後，看看你是否能寫出二十項……或更多！（像這樣一直逼你，是不是覺得很討厭呢？）

　　要寫得精確，不要只寫「家事」，而要明確寫出你討厭哪些家事。例如，你可能會討厭的事物包括：

- 某類型天氣
- 某個特定食物
- 某些大人對小孩說話的方式
- 某些規則
- 討厭的動物
- 音樂

125

我討厭，我真的真的很討厭！

選擇清單中一件你討厭的事物，利用前面提到的快速寫作技巧，書寫關於這件事物的細節至少五分鐘。

形容的手法要讓你的讀者感受到你有多麼討厭這件事物。

練習 16

插畫故事

　　當我回想孩提時代鍾愛的書籍時，例如《戴帽子的貓》、《愛麗絲夢遊仙境》、《小熊維尼》，還有《柯氏趣味圖畫書》，我發現我對插畫的熱愛不下於故事本身。我喜歡和泰瑞一起做書的原因之一，就是因為他不斷畫出精采的圖畫，激發我的想像力，寫出能夠與圖畫匹配的故事。

插畫能以許多方式增加故事的魅力，使其更加精采。插畫可以展現故事場景（例如「瘋狂樹屋」系列）。

（出自《瘋狂樹屋26層》）

插畫可以表現故事的動態（你就不必大費周章描述）。

《暴走大胖牛》的敍事者（和他的狗）被騎著尖刺腳踏車的麥克追趕。

忘記把頭鎖上的男孩，他的頭踏上的旅程。

插圖有助於展現故事角色的模樣。你也可以利用插圖加上有趣的小插曲，或是沒有出現在故事中的角色。（泰瑞很常在「就是」和「瘋狂樹屋」系列的頁面邊緣這麼做）

頭上有深深的割痕 …… 或是 ……
這類的憾事。

《就是馬克白！》中一匹小馬正在吃標點符號。

這些兔子正在抱怨披薩，毫不在意牠們周遭發生的事情。

（出自《瘋狂樹屋26層》）

插圖的另一個重要功能，就是透過誇大讓故事更有趣。

插圖也可以是故事的起點，而不是後來才加上的東西。有一次我正努力找點子，我問泰瑞喜歡畫什麼，他說：「我很喜歡畫牛。」所以我就寫了一首叫作〈大胖牛〉的詩，後來演變成《暴走大胖牛》一書。

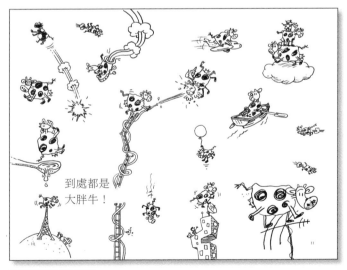

泰瑞很喜歡畫牛。

創意動手寫寫看

寫一篇圖畫故事

圖畫故事的點子：

- 重述一個簡單的童話故事或兒歌
- 以學校最近一次的校外教學為基礎的故事
- 寫一篇搭配插圖的家族介紹
- 重述你孩提時的趣事
- 以你想畫的題材為基礎的故事

⋯⋯或試試這個

圖畫自傳

　　創作一篇圖畫自傳。下方範本中，泰瑞把焦點放在他人生中噁心的一面。你也可以寫屬於自己的噁心人生故事，或者選擇生活的另一個面向作為主題，例如：

泰瑞・丹頓的噁心人生故事。

等等，廢話連篇。

《就是噁心！》中泰瑞的噁心自傳。

- 我的音樂人生故事
- 我的動作派人生故事
- 我的討厭人生故事
- 我的愚蠢人生故事

驚人之地

　　我小時候最喜歡閱讀驚人之地，像是艾妮德·布萊頓的遠方魔法樹、威利·旺卡的巧克力工廠、恐怖漫畫中描繪的外星世界，當然還有《愛麗絲夢遊仙境》中愛麗絲在兔子洞裡發現的奇異世界。

　　長大後，我還是非常喜愛幻想屬於自己的驚人之地──一個我會想造訪或定居的瘋狂美好世界。

133

這是一座
真正驚人的小鎮。
你想吃什麼就吃什麼,
因為
小鎮的一切都可食用。

在這片海底
你可以
在水裡
呼吸。

你可以
待在水裡
一又
四分之一小時。

《暴走大胖牛》中的兩個驚人之地。

134

小時候，我很羨慕有樹屋的孩子。我愛爬樹和感覺進到神祕世界的經歷。有一天，我請泰瑞畫一個有保齡球館和有滿滿食人鯊水槽的多層樹屋。

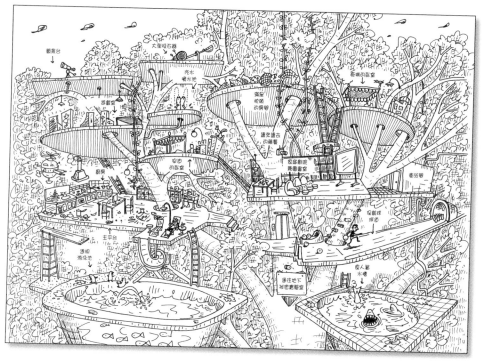

（出自《瘋狂樹屋13層》）

一如往常，泰瑞加入許多我根本沒想到的東西：透明游泳池、大型投石器，還有汽水噴水池。我非常有信心這絕對是全世界最酷的樹屋——當然是在我們加蓋變成二十六層樹屋之前。

樹屋最有趣的部分之一，就是樹屋本身也是一個驚人之地，裡面也充滿各式各樣驚人的地方。

（出自《瘋狂樹屋26層》）

死亡迷宮：超級複雜的迷宮，踏進去後沒有任何人能走出來！

驚人之地可以是你想居住的地方（例如樹屋、《暴走大胖牛》中的奇特之地）、附近（例如人體內）、很遠的地方（另一個星球）、其他時空的地方（幻想的史前地點），甚至噁心的地方（屁屁小說系列的世界）。

　　雖然我很願意住在美妙的樹屋，但是我不見得想要住在所有泰瑞和我創造出的驚人世界裡，例如看起來一點也不像胃的胃裡。

創意動手寫寫看

畫一個驚人之地

　　這個地方可以是在地底下、在水裡、在樹上、高塔頂端——天空是唯一的界線。不，是「沒有」任何界線！任何地點都可以是你的驚人之地，只要你想要，在外太空也無妨。

　　讓想像力奔馳，想著所有生活周遭你喜歡、所有你想做，或想看到的事物。畫下並在你的驚人之地加上標示。

……或試試這個

寫一本旅遊小冊子

　　將一張 A4 大小的紙摺成三等分，變成一本小冊子。

　　想像你是旅行社業務，必須寫五十到一百字介紹一處驚人之地。

　　盡量讓這個驚人之地非常引人入勝，可以吸引到尋找下一趟假期地點的潛在旅客。

　　記得加入圖畫。

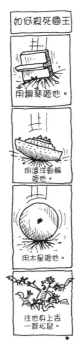

練習 *18*

使用說明和指南

　　我的第一本書《就是惡搞！》初版手稿由兩百則惡作劇（和不太可行的惡作劇）的使用說明構成。後來我將這些說明擴充寫成較長的故事，而在一開始時我發現，如果我非常認真向某人說明該如何搞這些愚蠢至極的惡作劇，寫起來就容易多了。

就是惡搞！
惡作劇（和不太可行的惡作劇）指南

聞乳酪

握起右手，假裝成一塊乳酪。接著攤平左手假裝成托盤。把「乳酪」放上「托盤」，然後端到朋友的面前說：「你想聞聞看乳酪嗎？」如果他們說好，叫他們把鼻子放在托盤上，然後趁他們吸氣的時候，一拳打在他們的鼻子上。大叫：「要你的啦！」然後跑掉。

馬鈴薯孕肚

吞下一大袋馬鈴薯，然後跑到最近的醫院大叫：「快來人，我要生了！」接著經過痛苦漫長的生產過程，你尖叫不已，醫生護士忙得團團轉，然後突然間「噗噗噗」的生出一堆馬鈴薯掉到地上，大叫：「要你們的啦！」然後跑出產房。

搞笑水果沙拉

把自己切成小塊，躲在廚房餐桌上的大碗裡，讓自己看起來和一碗水果沙拉沒有兩樣。等到家人吃完主菜，把你裝進他們的碗中吃下肚。接著，等他們全都吃完，重組自己然後大叫：「要你們的啦！水果沙拉其實是我，你們現在全都吃了人肉，要去坐牢坐到死啦！」

我特別喜歡以使用說明的方式解釋幾乎人人都知道的荒謬小細節（例如如何走路）。只要你好好想一想，簡單的活動其實相當複雜呢⋯⋯

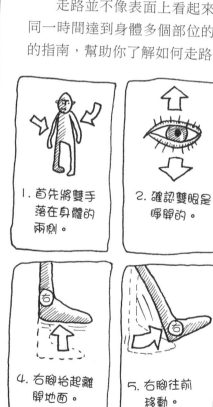

十五步簡單學會走路

走路並不像表面上看起來那麼簡單，必須在同一時間達到身體多個部位的協調。以下是簡單的指南，幫助你了解如何走路。

1. 首先將雙手落在身體的兩側。

2. 確認雙眼是睜開的。

3. 用你的眼睛檢查前方道路通暢。

4. 右腳抬起離開地面。

5. 右腳往前移動。

6. 左手往前移動。

從另一方面來說，複雜的難題也可以有相當簡單的解決方法……

如何阻止
自己變成蛞蝓

蛞蝓月亮

1. 每天用不鏽鋼皂使勁清洗全身上下，防止形成黏液。

2. 每天用砂紙打磨額頭，減緩難看的觸角生長。

3. 將攝取的液體量降至最低，抑制嘴巴產生泡泡和泡沫。

4. 戴蛙鏡，防止眼球突出眼皮超過兩公分。

5. 避免長時間看電視，或躲在磚塊底下。

哎呀！抱歉啦～

哇啊，老天爺

蛞蝓牛仔

6. 每餐不可食用超過一顆萵苣。

7. 絕對不可以搭蛞蝓的便車、接受晚餐邀約，或是求婚。

8. 抗拒蛞蝓誘餌的誘惑，無論看起來有多麼吸引人。

9. 如果症狀沒有消除，請聯絡蟲害防治專家。

取自我自己出版的口袋書之一《如何阻止自己變成蛞蝓》。

「就是」系列書籍的邊緣，滿是泰瑞畫的各種主題的實用繪圖說明指南！

假裝自己是某件事物的專家，是非常有趣的。泰瑞和我創作了兩本「全然虛構」的指南書 ——《認識屁屁龍》和《人體部位大解密》—— 書中的虛構敘事角色盡力讓一切聽起來充滿知識性，不過其實全都是胡說八道。這類寫作的關鍵，在於不要努力搞笑，而是用非常嚴肅、非常實事求是的口吻，讓這一切彷彿沒有異狀、平鋪直敘。我想，正是這種語調和主題之間的反差感，讓許多人覺得很好笑……當然還有泰瑞非常「寫實」的插畫。

《人體部位大解密》

《認識屁屁龍》

2. 毛髮

毛髮是毛毛的毛髮狀稱為「毛髮」的生長物。主要生長在頭狀稱為「頭部」的頭上，頭長在脖子狀稱為「脖子」的生長物上，脖子長在身體狀稱為「身體」的生長物上。

身體狀稱為「身體」的生長物也有許多毛髮，不過都不像頭狀頭一樣稱為「頭部」的生長物那麼多。這就是我們對毛髮的認識。

安&泰的身體部位有趣事實#2
古時候的人習慣留長髮，並用頭髮包住身體，因為當時尚未發明衣服。

燈

標示標示「毛髮」的標示的標示

標示「毛髮」的標示

毛髮

髮型造型師

吸飽血的蚊子

另一根毛髮

理髮師

疼痛受器或葡萄乾

長有蛋糕桌和蘇丹那葡的樂佈物

烤豆子

髮根

泡棉

茶杯

血管

兔子洞

電話和網路線

杯底髒髒子

牙膏

把一件事物（例如吸塵器）寫成彷彿截然不同的事物（例如動物），這也非常好玩。

泰瑞尤其擅長這類無厘頭的題材，從下列範例就可看出。

露營車的生命周期。

論吸塵器。

泰瑞也非常擅長創作各式各樣自然現象和生態指南。

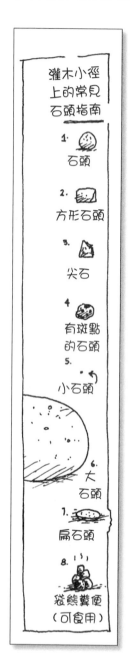

創意動手寫寫看

為荒謬主題寫一份嚴肅的指南

你的指南必須是「關於」、「如何」、「生命周期」，或類型清單（例如：這些……是什麼？），只要記住一點──你是專家！告訴我們該主題我們該知道的所有事情。如果可以的話，也附上插畫。

注意：你的指南可以使用口袋書形式（詳見練習三十一）。

可以使用下列標題作為開始：

- 如何成為真正的硬漢
- 如何成為真正的女強人
- 如何成為狗
- 白痴的生命周期
- 人類：使用指南
- 這是哪一種蠢蛋
- 這是哪一種老師

為嚴肅的主題寫一篇嚴肅的指南

　　為你很了解的主題寫一篇嚴肅的指南。

例如：

- 如何當小孩
- 我的家人指南
- 如何照顧寵物
- 足球：新手快速指南
- 如何騎馬
- 這是哪一種運動
- 這是哪一種樂團

如何
當狗！

1. 滿臉熱情洋溢。

2. 不知道該怎麼
辦時，舔人。

3.
不可太接近
其他狗。

4.
就是不可以！

就是校長

罕見的
雙髻鯊校長

外帶薯條頭
校長

瑞士刀校長

仔細查看……

　　有時候，要開始寫作最簡單的方法並不是努力「想出某個主題」，而是單純的「寫下一些東西」——還有什麼比開始書寫眼前所見事物更簡單的方法呢？

　　我的故事〈壞螞蟻〉，是建構在觀察上。某天我帶著筆記本和筆出門，觀察一隻螞蟻在忙些什麼（爬上一根草又爬下一根草……等），然後寫下牠做的事。

149

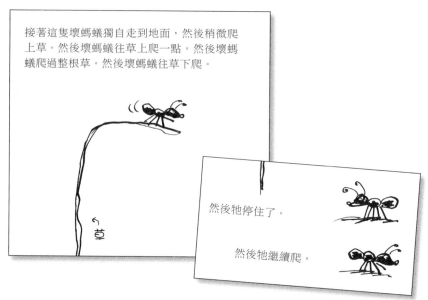

接著這隻壞螞蟻獨自走到地面，然後稍微爬上草。然後壞螞蟻往草上爬一點。然後壞螞蟻爬過整根草。然後壞螞蟻往草下爬。

草

然後牠停住了。

然後牠繼續爬。

當然啦，關於壞螞蟻去拉斯維加斯玩、贏了一千萬元，還買了一輛跑車後，輾過一位老太太的內容完全是虛構的，但是有什麼關係呢？凡事總要有個開頭對吧。

重點是，如果我沒有帶筆記本出門，張大眼睛觀察，就什麼也不會發生。

然後壞螞蟻去了拉斯維加斯，

贏了一千萬元，

耶比！

然後買了一台紅色跑車。

另一個建構在觀察上的故事，叫作〈上星期二到博物館校外教學時我所學到的一切〉。這個故事建構在我造訪墨爾本博物館的兩次旅行上……我並不是觀看展覽，而是觀察學生對展品的反應——或是沒有反應。

我注意到的第一件事，就是小孩真的很愛按按鈕！

我看到一個男孩帶著3D劇場眼鏡走來走去，他的朋友都覺得很好笑。

我聽到一位老師在人體展覽外對他的學生說：「麻煩各位現在表現得成熟一點。」

（我覺得他完全在狀況外！）

雖然故事建構在觀察上，我必須承認某些元素可能誇張了一點。例如，整間博物館的警衛看起來都非常友善、樂於助人，我並沒有看到任何一位警衛配戴武器，更不用說威嚇要開槍了。

　　重點是，寫故事時，故事並不一定要和真實生活一樣……這正是寫故事的有趣之處呀！

創意動手寫寫看

我可以看見……

　　寫下眼前可以看到的事物。無論是你的臥室、教室、庭院、喧鬧的街道、火車車廂，甚至是安靜的沙灘，你要做的就是以「我可以看見……」為開頭，寫下眼前所見。即使你覺得一切都平凡無奇，覺得寫這些很麻煩，寫就對了。有些最精采出色的書，內容充滿平凡、卻是許多人懶得注意的小細節呢。

……或試試這個

以超近距離研究某個東西的細節

　　磨練你的觀察技巧。近距離觀看某件東西，盡可能描述這件東西的細節。

　　或者你也可以創作超近距離的圖畫。重點是觀看……真正的觀看……並注意小細節。

你可以近距離觀察的事物：

- 石頭
- 葉片
- 花朵
- 狗／貓的嘴巴內部
- 手指
- 地毯
- 鞋子
- 手背

練習 20
瓶罐標籤

　　你知道超市可以買到罐裝嘔吐物嗎？其實那不是真正的嘔吐物，而是叫作「玉米調味醬」，或「芥末醃黃瓜」，但是看起來和聞起來與嘔吐物一模一樣。我很喜歡把玉米調味醬罐子上的標籤泡水撕掉，然後用我自製的標籤取代，當禮物送人。

（標籤文字請見下頁）

安迪自製

緊急嘔吐調味醬

當然啦，為了讓標籤更有說服力，標籤上該有的元素一個都不能少：必須告訴消費者如何使用內容物，以及內容物的原料。

你的床又軟又溫暖，你最不希望的就是去上學。但是該如何說服爸媽呢？你需要安迪自製的緊急嘔吐調味醬。

使用方法
大量灑在廚房和浴室表面。枕頭上沾一些，頭髮也抹一些，才有「我今天病得太重，無法上學」的樣子！

保證不含豌豆，添加膽汁。

警告：若吞食，請尋求精神科醫師協助。

我們也有：鼻涕、耳屎、腳趾甲屑，口臭噴霧劑即將上市。

我的緊急嘔吐調味醬多年來一直是非常實用的緊急聖誕禮物，同時也是《就是惡搞！》的〈緊急嘔吐調味醬〉故事的靈感來源，故事中的安迪想要讓一位飛機上的老太太感到噁心，如此老太太就不會想繼續坐在他旁邊。他假裝自己反胃嘔吐，然後誇張的表現出享用嘔吐物的模樣。

> 　　「當然啦。」她說：「拿去吧。」
>
> 　　我接過湯匙。就是這樣，現在她隨時都可能會如火箭般飛離她的座位。
>
> 　　「那麼，我要開動了。」
>
> 　　我鬆開嘔吐袋上方，伸進湯匙，舀出一勺嘔吐調味醬。我把湯匙拿到鼻子下數次，用力嗅聞。
>
> 　　「啊～！」我微笑，「我最喜歡美味溫暖又新鮮的嘔吐物啦！」
>
> 　　我緩緩張開嘴巴，將湯匙放在舌頭上，閉上嘴。接著我慢慢拉出湯匙，確保湯匙上一點也沒有殘留。我閉上雙眼嘆息，彷彿置身天堂。
>
> 　　我睜開眼睛，期待看到隔壁的座位空了，期待那位老太太離我遠遠的，並且警告其他人也遠離我。
>
> 　　但是並沒有。
>
> 　　老太太仍然坐在那兒，盯著我。
>
> 　　「這麼好吃呀？」她問。
>
> 　　「美味極了。」我說：「吐出來再吃下去味道更棒。」

你幾乎可以把所有東西裝瓶，然後重新貼標。

芥末醬

安迪自製
耳屎

背面標籤

囉唆嘮叨的父母最煩人：「去整理房間！轉小聲一點！倒垃圾了沒？」你懂得。你需要的是安迪自製耳屎。

使用方法
兩隻耳朵各放入兩把耳屎，表現出「我整整十年沒清耳朵了」的感覺。
保證父母的話完全變成耳邊風，否則退錢。

警告：不可在接近晚餐時間使用安迪自製耳屎，否則你會因為沒聽見爸媽叫你吃飯而餓死。

安迪自製產品還有：鼻涕、手指甲、肚臍垢。

義大利麵

安迪自製
腦子

背面標籤

最慘的事莫過於考試前一天才發現自己完全沒有讀書。這時候你需要安迪自製腦子。

使用方法
打開瓶蓋。把頭放在桌上，用湯匙舀起安迪腦子灌入耳朵，直到感覺自己變聰明。使用分量依照學科難度和絕望程度而不同。

建議用量
如果你無法記住：
重要名字／日期（一小匙）
數學公式（兩小匙）
任何事情——連學科名字都忘記（整罐）

安迪自製產品還有：常理、常識、機械性能。

瓶中物不一定要和食物有關 —— 幾乎什麼都可以放進罐子，重新標示。

安迪自製
自賣自誇

在不同紙籤上寫下下列自賣自誇的句子，然後將紙籤放進罐子裡。（可以創造自己的自賣自誇句子。）

背面標籤

最慘的事情莫過於想要讓全世界知道自己有多棒，可是已經沒有優點可以自賣自誇，因為事實上你忙到沒時間去做任何值得自賣自誇的事。你需要安迪自製自賣自誇。

使用方法
搖晃罐子，打開瓶蓋後取出一張自賣自誇籤。狂妄驕傲的大聲念出紙籤上的內容，讓所有人都聽到，營造出「我比任何人都強！」的感覺。重複使用直到你被一大群跪倒在你腳邊的崇拜者包圍。

所有自賣自誇內容保證模稜兩可，不可能被拆穿，否則退錢！

我們沒有自賣自誇，不過我們的自賣自誇是全世界最棒的！

我最棒！

我最強！

不管你做什麼我都比你厲害！

我沒念書還是拿滿分！

我比全世界任何人跑得更快、跳得更高、更能熬夜！

我不想自賣自誇，但是撇開故作謙虛的一面，我實在超讚的啦！

你還可以把泥土和水放進罐子裡，加上標籤。

安迪自製

泥漿

背面標籤

最慘的事莫過於你身在沙漠，但是你好想要做一個泥漿派。熱燙的沙子淹到你的膝蓋，放眼看去完全沒有雨雲或是泥土的蹤跡。這時候你需要安迪自製泥漿！

使用方法
用手舀出泥漿，捏成派的形狀。放在陽光下直到烘出「黏糊鬆脆的泥漿派」的感覺！

保證百分百有機泥土（50％）和水（50％）。

另有：安迪自製黏液、流沙、模具和爛泥。

如何設計瓶罐標籤

你的品牌 →

安迪自製
魔豆

你的產品 →

產品介紹
（你受夠……你需要）→

你受夠只有一頭老母牛，沒錢買食物嗎？
你需要安迪自製魔豆！

使用方法 →

使用方法
睡前抓起一把豆子扔進土裡。早上醒來後，爬上巨大的豆莖，偷走巨人的金鵝，然後在巨人抓到並（或）吃掉你之前砍斷豆莖。

保證
（你的產品保證具備的功能，或是比其他同類產品更優秀的特點？）→

保證一夜之間長出巨大豆莖，無效退回老母牛。

警告
（可能發生的最糟情況）→

警告：不可吞食，否則嘴巴、鼻孔和耳朵會長出巨大豆莖。

另有
（相關產品）→

另有：魔杖、魔粉、魔法藥水。

條碼和商品號碼
（增添真實感）→

9 781742 613048

創意動手寫寫看

製作瓶罐標示

在瓶罐中放進有趣的東西。（如果你沒有實體瓶罐，還是可以為想像的瓶罐製作標示。）

為瓶罐製作正面標籤和背面標籤。思考標籤，必須包含下列內容：產品介紹、使用方法、內容物、警語、保證、同系列相關產品，當然還有條碼。

你也可以加上具有說服力的字眼，吸引消費者的注意：

骷髏 領帶 受害人↓

鬼→

衣櫃↙

斷手→

黏液↙

影子↑   匹↑

↖地板

練習 21

就是嚇人！

　　每個人都有害怕的東西，無論是住在床底下的鬼怪、腳趾頭
被捲進電扶梯的念頭，也可能是在半夜看見斷手爬過臥室地板。

在「校園」系列中有一個角色叫作紐頓·嚇頓，他什麼都怕：蜘蛛、繁忙的街道、高處、閃電、棉花棒、蝴蝶。不管你說什麼，紐頓都會嚇得半死……尤其是獅子！

> 綠鬍子校長繼續說道：「我不希望嚇到你們，不過我們剛剛收到通知，馬戲團有一頭獅子逃脫，目前已經有多起目擊顯示獅子正以驚人速度朝我們而來。我只想警告全體師生，留在室內，緊閉艙門並加固舷窗。我再重申，有進一步消息之前，務必緊閉艙口。感謝諸位，記得最重要的是不要驚慌。」
>
> 廣播喇叭靜了下來。
> 人們開始驚慌失措。
> 有些學生開始尖叫。
> 有些學生跳到椅子上。
> 有些學生尖叫並跳到椅子上。
> 但是紐頓叫得比誰都還大聲。
> 「啊啊啊啊啊！」他驚恐哀號：「我最怕獅子了！」
> 「你不孤單。」葛蕾特說：「我們都很怕獅子！」
> 「不，你們不懂！」紐頓說：「我最害怕的前十大事物中，獅子排名第九！」

和紐頓·嚇頓不同的是大膽·大衛，顯然是一個天不怕地不怕的角色⋯⋯但是他真的天不怕地不怕嗎？

這是大衛，
白天他非常非常
非常大膽。

但是到了晚上，
沒有一絲陽光，
大衛一點也不大膽。
無時無刻都擔心害怕。

他聽見的每一個聲響，
都增加他的恐懼，
每一聲重擊，
都讓他可憐的心臟無法
承受。

他吸拇指。
他叫媽媽。
他等不及
天快點亮。

因此，如果你需要
完成大膽的任務，
請在白天時找大衛⋯⋯

若是晚上，
請找他媽媽。

有時候，看起來最無害的事物可能最嚇人。我的妹妹茱莉有一尊花園小矮人，頭部曾經被敲斷又黏回去，因此脖子上有一道深深的裂口，它的臉看起來有一點邪惡，茱莉向我坦承，一度覺得它看起來很嚇人。我認為一尊小小的水泥雕像竟然能讓人感到害怕，這個概念實在太有趣了，因此決定寫一篇關於「邪惡」花園小矮人的故事。

破損的帽子

小眼睛

斷頭

鬍子狀的鬍子

爛膝蓋

髒兮兮的腳趾甲

鼻子不見了

詭異的笑容

這是什麼，小矮人包嗎？它的包包裡裝了什麼——小矮人槍嗎？

沒穿鞋

茱莉的花園小矮人

補充：我覺得為插圖加過多的注解很好玩。

安迪（飾演馬克白）和花園小矮人麥克德夫對打。

創意動手寫寫看

寫一張嚇人事物的清單

寫一張嚇人事物的清單（可以是真實或想像的），在每一項事物後面簡短解釋為什麼它們特別恐怖。

你可以用自己害怕的事物，為你的寫作注入真實能量，和讀者連結，因為他們很可能和你害怕同樣的事物。

如果你有時間，也可以將這張清單畫成漫畫或口袋書。

不妨使用下列清單，有助於啟動你的記憶：

* 在公眾場合演講
* 昆蟲和小蟲子
* 狗
* 暗處
* 高處

* 深水
* 飛行
* 電扶梯
* 電梯
* 蜘蛛

依照《瘋狂樹屋26層》中吉兒所言，連蜘蛛都怕蜘蛛。

⋯⋯或試試這個

如何嚇⋯⋯

從下列清單中選擇對象，寫一段簡短指南，解釋如何嚇他們。

- 媽媽
- 爸爸
- 兄弟
- 姊妹
- 祖父母
- 保母

- 老師
- 鄰居
- 公車司機
- 博物館館員
- 警察
- 店員

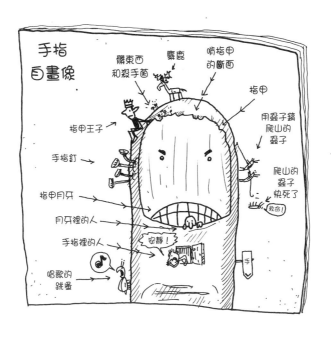

練習 22

加注圖解

　　和泰瑞一起工作中（許多）最棒的事情之一，就是他真的很會畫加注圖解。某天我說：「泰瑞，請幫我畫一根手指。」結果他並不是隨便畫一隻無聊的手指，而是畫了這張圖！

我的意思是，這傢伙根本是天才嘛。我非常喜歡那張圖，便說：「我們來做一本全部都是身體部位圖畫的書吧。」而我們也真的做了。

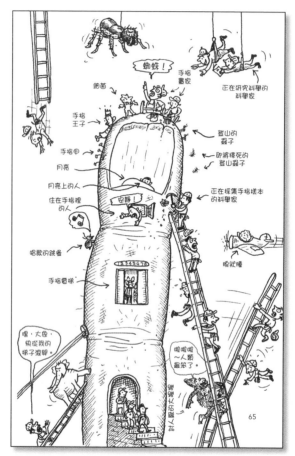

《人體部位大解密》中泰瑞超正點、資訊滿滿的手指圖解。

　　圖表可以做很多事，像是展示某樣東西的內部、某個東西走的路線、運作方式，或是製作過程。圖表也可以結合說明、清單、故事──任何類型的書寫，真的。

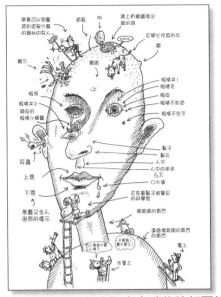

《人體部位大解密》中泰瑞的臉部圖解。

《瘋狂樹屋13層》中某些關於
腦部的實用資訊。

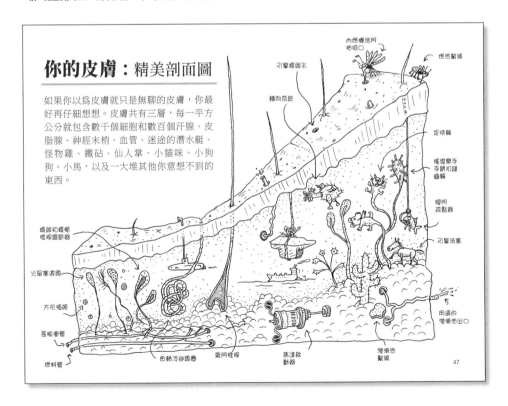

你的皮膚：精美剖面圖

如果你以為皮膚就只是無聊的皮膚，你最
好再仔細想想。皮膚共有三層，每一平方
公分就包含數千個細胞和數百個汗腺、皮
脂腺、神經末梢、血管、迷途的潛水艇、
怪物雞、鐵砧、仙人掌、小貓咪、小狗
狗、小馬，以及一大堆其他你意想不到的
東西。

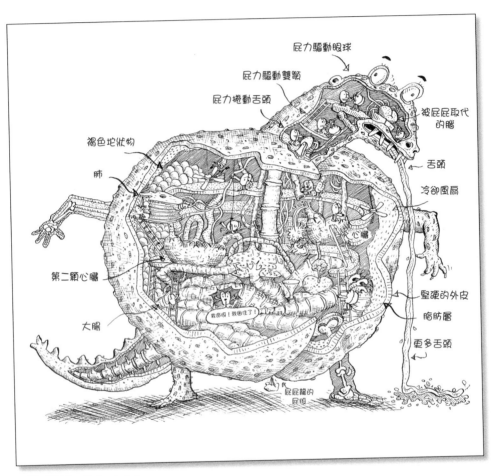

《認識屁屁龍》中的標示圖解，表示屁屁龍內部運作。

174

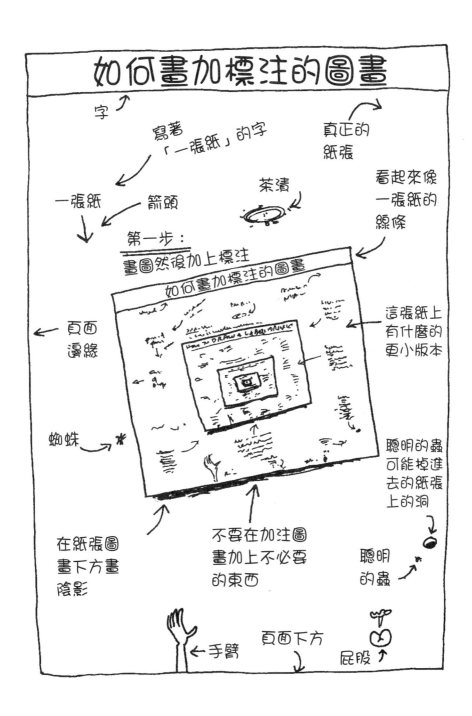

創意動手寫寫看

畫一張加注圖解

選擇主題，並畫一張加注圖解解釋。選擇你了解，或是你不了解但是想要假裝自己很內行的題材。（別讓不了解某項事物阻止你成為該項事物的專家。）你的圖解可以很認真寫實，也可以盡量惡搞。下面有些點子，若起頭時有點障礙可以使用：

- 你家每一間房間在平常天的早晚，或是週六、週日早晨的剖面圖或鳥瞰圖
- 某位家庭成員（或是全家）的加注圖解
- 狗的身體運作方式
- 貓的身體運作方式
- 族譜

補充：地圖是另一種類型的加注圖解 —— 見練習二十五〈繪製地圖〉，裡面有更多點子。

練習 23

打開蓋子

　　如果你發現一個神祕箱子，上面清楚寫著「保持緊閉」，你會不多管閒事、無視箱子離開，對吧？最好是啦！你一定會像大多數的人一樣，停下腳步，打開蓋子，看看箱子裡裝了什麼。

　　你可以畫一個人打開上鎖的箱子，然後用一、兩個句子描述接下來發生的事，這也可以是書寫開頭的有趣方法。以下是我和泰瑞想出的幾個範例。

無視箱子上的警告，我打開了箱子……
結果冒出我失散多年的弟弟！

緊閉箱
子……否則
你會後悔
一輩子！

我打開箱子後，立刻就後悔了……那是
我爸的蛾收藏，我很確定我沒有辦法在
爸爸回家前把牠們全部抓回去。

但是我打開了……我就是打開了……
而且我好開心，因為跳出一隻全世界
最可愛的小狗。

創意動手寫寫看

打開蓋子

畫一幅圖，你就是畫中角色，打開一個上面清楚寫著「保持緊閉」的容器。你完全不知道裡面裝了什麼，或是為什麼它是關起來的。可能是：

* 能想到的最恐怖的事
* 美好的驚喜
* 很久沒見的某個人（朋友或死對頭）
* 遺失多年的物品

在圖畫下方寫一小段文字，解釋所發生的事，以及當發現容器裡的東西後，角色內心的感受。

完成的圖畫可以收集起來，影印並製作成《打開蓋子》書。

時光機

你搭乘時光機出去散步，結果一陣異常的時光風暴使機器失去控制。最後時光機停止移動，你對身處的日期、年分，甚至哪一世紀皆毫無頭緒——任何的時代、場所都有可能。

創作一幅你打開時光機的門時，眼前迎接你的景象「快照」圖。完成畫作後，搭配一段簡短文字（不超過三、四個句子）。

你可以用這個句子開頭：「打開時光機時，第一個映入眼簾的是……」

當我打開時光機的門，看到三角龍正用角猛戳暴龍！太酷了！！

練習 24

清單

　　在開始寫《就是噁心！》之前，我列了一張用來寫故事的噁心念頭清單。有一天，我念了清單內容給一群學生聽，看看他們對哪些主題最感興趣，我注意到他們最喜歡的，其實就是聽人家念一串噁心事物。我發現如果我念得夠長（例如一百零一個項目），那麼這張清單就會變成一個故事。

一百零一件超噁心事物

1. 球芽甘藍。
2. 蛆。
3. 長蛆的球芽甘藍。
4. 挖鼻孔。
5. 挖鼻孔並吃掉鼻屎。
6. 挖別人的鼻孔並吃掉鼻屎。
7. 疥癬。
8. 長蛆的疥癬。
9. 長疥癬的蛆。
10. 淋浴間排水孔的頭髮。
11. 拉出淋浴間排水孔的頭髮時，一起拉出的黏答答東西。
12. 路中間被車輾過的動物，然後被其他車不斷壓過，最後變成一坨糊糊的紅色東西。
13. 狗大便。
14. 不小心踩到狗大便，還卡在鞋底。
15. 試著弄掉卡在鞋底的狗大便時，手指不小心碰到狗大便。

清單是很棒的寫作方式，可以寫些關於某個想法的東西，但是又不需要寫成一篇完整的故事。我發現當你有一個想法，代表你有另一個想法……然後還有一個……還有一個……

十個我書中清單的清單

1. 一百零一個超噁心的東西

2. 一百零一個超危險的東西

3. 一百零一種完蛋的方式

4. 噓先生的不可以對圖書館藏書做的十件事情

5. 證明蘿貝塔絕對是機器人的十個證據

6. 紐頓・嚇頓最害怕的十樣事物

7. 泰瑞的超級無敵長「要做」和「不要做」清單

8. 泰瑞做過的五大蠢事

9. 當海盜最糟糕的事情

10. 十個我書中清單的清單

掉落的鯊魚，「一百零一個超危險的東西」中的第九十三名。

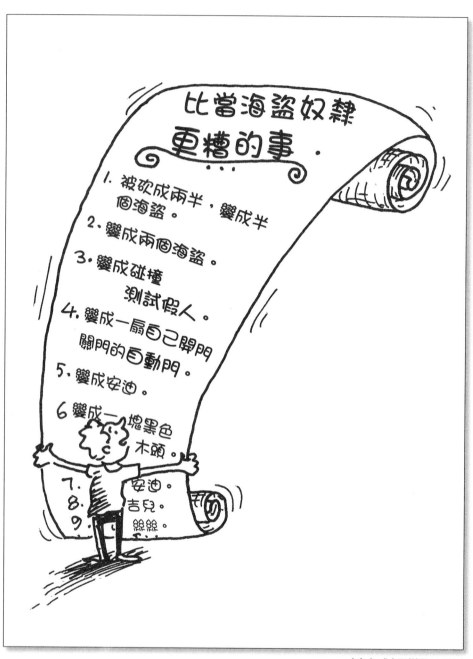

（出自《瘋狂樹屋26層》）

寫一張關於你應該知道的某個人，或某件事的十件事，這是我最喜歡做的事情之一。書寫時先設定數量比較好，因為可以強迫你自己接受挑戰，並且在過程中會出現意想不到的點子。

你必須知道關於我爸的十件事

1. 喝茶一定要配餅乾。

2. 全世界沒有人吃飯比他還要慢。

3. 除了洗衣間外，無法忍受任何雜亂。

4. 最討厭髒衣物。

5. 乳酪越臭他越愛……

6. 早上六點半就精神飽滿、開心得不得了。

7. 來點啤酒也無妨。

8. 很愛對柯林伍德隊喝倒采。

9. 拒絕他給的食物或飲料是沒有用的。

10. 耳朵會動。

我非常愛寫這類清單，有時候很難在寫到第十項時就停筆……

你必須知道關於我爸的另外十件事

1. 他試圖模仿外國口音時聽起來都一樣。
2. 工作時會戴一頂很酷的黃色工地安全帽。
3. 撞到門或牆的時候，會向它們道歉。
4. 他的拖車屋破舊噁心到不行。
5. 很擅長打造小鳥浴盆。
6. 總是記不得家中貓和狗的性別。
7. 痛恨電腦。
8. 勇於使用別人反對的笑話。
9. 如果你在半夜說話，他一定會聽到。
10. 超愛蛋白霜。

泰瑞也喜歡畫清單，下面就是幾個例子。

創意動手寫寫看

寫一張清單（也可以用畫的）

　　清單最棒的地方，就是可以關於任何事物 —— 你可以列出最喜愛的東西、討厭的事物、你打破的規則、你去過的地方、你長大後想做的事、你希望在聖誕節收到的東西、你不希望在聖誕節收到的東西。

　　或者，你可以寫關於你很了解的某個人的「十件事」清單 ——媽媽、爸爸、奶奶、爺爺、寵物、最好的朋友，或是最喜歡的書或電視節目角色。

　　如果你不想寫清單，那就寫下與其寫清單，你寧願做的事。

你可以寫在「你應該知道的十件事」
清單中的十件事

1. 足球
2. 馬
3. 音樂
4. 電腦
5. 電影
6. 書
7. 腳踏車
8. 滑板
9. 食物
10. 狗

我想我會選馬⋯⋯
或者滑板。

喔，你看！我又寫了一張清單！

寫一張「要做」清單，一張「不要做」清單

　　寫下所有你「必須」做的所有事情的清單。現在，再寫一張所有你「想要」做的事，可以取代必須做清單的清單。結合兩張清單，創造你的終極「要做」清單。

　　現在，來打造你的終極「不要做」清單吧。

（出自《瘋狂樹屋13層》）

骷髏島
悲劇灣
雙子峰
流沙
比爾・骨頭
的墳墓
走私灣
厄運石
亡者石
避難灣

練習 25

繪製地圖

　　念書時，我很擅長製作特別的藏寶圖。畫完藏寶圖後，我會將特別重要的藏寶圖浸入茶中，把它們弄成有幾百年歷史的樣子，然後小心的燒地圖的邊緣（有時候不夠小心，結果整張地圖燒起來，我只好重新畫一張）。我實在太喜歡藏寶圖和埋藏寶藏的點子，因此寫了一整本關於這個主題的書，書名就叫作《寶藏熱》。

我不是只喜歡埋藏寶藏而已。下面是我成長的街區地圖，可以看出其他我喜歡的自娛方式。

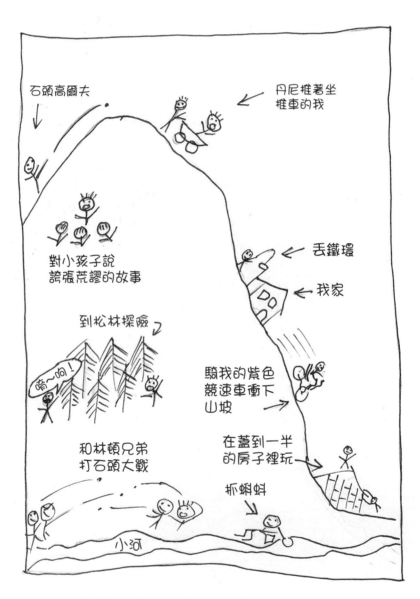

安迪的遊戲地圖（這是安迪繪製的，「不是」泰瑞，特別說明，以免有人看不出來）。

幾乎任何東西都可以畫成地圖！《瘋狂樹屋 13 層》中，就有一張地圖表示飛天貓絲絲的空中飛行路線。

（出自《瘋狂樹屋13層》）

下面的地圖表現出如果火箭失控、在宇宙中到處航行會遇到什麼。

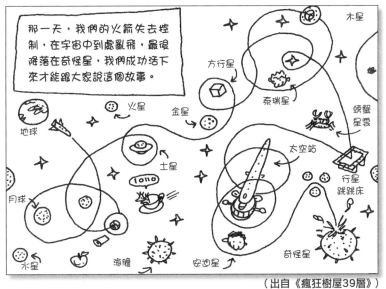

（出自《瘋狂樹屋39層》）

你甚至可以畫自己，或別人的大腦地圖。

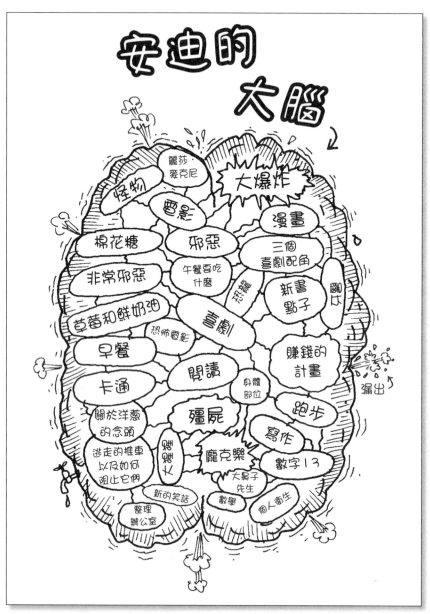

我的大腦內部地圖（根據泰瑞·丹頓）。

創意動手寫寫看

繪製真實地方的地圖

　　畫一張你家附近的地圖（不必按照比例尺），強調對你而言重要的地方。可以加入印象深刻事件發生的地點，例如你發生最嚴重的腳踏車意外的地方，或是常去的地方，像是學校和好朋友的家。地圖上的這些地方畫得大一些，表示出它們的重要性。

地圖點子：

- 所有你發生過意外的地點的地圖
- 所有你去玩過的地方的玩樂地圖
- 每個禮拜你都會去的地方的地圖
- 你最喜歡吃的東西的地圖
- 你最近一趟旅行地點的地圖，以及旅途中的精采事件（例如：州際旅行、到祖父母家、腳踏車之旅）

製作旅行或幻想地點的地圖

想像你剛剛踢進史上最精采的一球。畫出足球離開你的腳後，飛往世界的路線過程。別忘了加入足球經過時，人們和動物的反應。

畫一張名為「回力鏢沒有回來的那一天」的圖，並表現出回力鏢的路徑。

如果你正在寫故事，那麼畫一張故事場景地圖。繪製地圖會讓你思考故事的具體細節，能讓故事的敘述更好，事物也能更清晰。

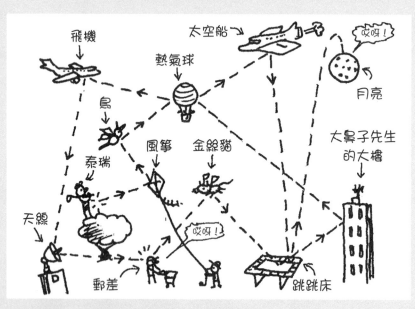

泰瑞的高爾夫球飛往月亮的那一天的地圖。

練習 26

怪獸、外星人、機器人與殭屍

路易斯・卡洛爾的《愛麗絲鏡中奇遇》裡恐怖的賈霸瓦基（上圖），是我在書中首度遇到的怪獸。

在《瘋狂樹屋 13 層》中，安迪和泰瑞受到一隻醜陋可怕的海怪威脅。（注：賈霸瓦基和人魚公主如有雷同，純屬故意！）

人魚公主正在恐嚇安迪和泰瑞。　　　　　（出自《瘋狂樹屋13層》）

〈超蠢男孩和超大蛞蝓的故事〉中，丹尼為學校科展打造了一隻巨大蛞蝓。這隻「超級蛞蝓」被關在車庫裡，強迫餵食狗罐頭，結果牠從車庫逃脱，準備吞掉全世界。

　　幸好安迪正在為科展製作時光機器，他使用時光機器回到過去，告訴丹尼〈超蠢男孩和超大蛞蝓的故事〉，說服他不要打造巨大蛞蝓。安迪這麼做不僅救了全世界，也讓他喜歡的女生對他印象深刻。對啦，我知道這故事很蠢……但是超好玩的不是嗎！

年輕時，我很熱衷於閱讀美國的恐怖漫畫，裡面滿是天馬行空的故事，有瘋狂科學家、外星人入侵，還有怪物和殭屍。這些為「屁股」三部曲提供了豐富的靈感來源。

《我的屁股抓狂的那一天》　　《來自天王星的殭屍屁股》　　《屁股末日：最後的屁擊》

我也很喜歡關於恐龍的書，我和泰瑞為《認識屁屁龍》打造各種屁屁龍的時候，這些資訊就派上用場了。

《認識屁屁龍》

《認識屁屁龍》裡的臭金剛和《瘋狂樹屋 13 層》中的大猩猩，靈感皆來自我最喜愛的電影之一《金剛》（當然是一九三三年的原版，不過二〇〇五年的重拍版也超讚的）。

《瘋狂樹屋 13 層》中的大猩猩。

（出自《瘋狂樹屋 13 層》）
大猩猩和飛天貓的打鬥。

《認識屁屁龍》裡的臭金剛。

〈太空殺人無尾熊〉的點子來自與一群美國小孩的聊天。當時我講到無尾熊，他們問我無尾熊危不危險。於是我情不自禁的告訴他們，無尾熊當然很危險，「極度」危險，而且在澳洲常常有人被無尾熊尖長的爪子扯爛整張臉。他們不太確定要不要相信我，不過我很享受說這個故事，於是決定寫下來。但是，我知道澳洲小孩很清楚無尾熊才沒有那麼危險，因此，我讓無尾熊來自外太空，因為沒有人知道來自另一個星球的無尾熊會有多危險！

〈太空殺人無尾熊〉是《壞壞書》和《超級壞壞書》中的一系列故事。

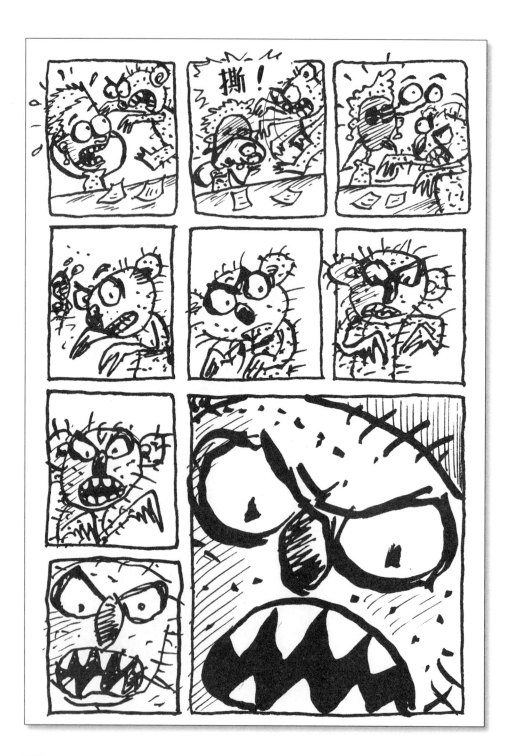

我一直認為「殭屍」這個字眼，還有整個殭屍的概念非常有趣，因此我許多的書裡都有殭屍，例如《就是完蛋！》裡的〈完蛋的睡過頭〉。

你開進墓園。一堆吃人腦的殭屍正在開派對。你開車撞進殭屍群，他們像保齡球瓶一樣四處飛散，除了站在車頂上的那個殭屍。「腦！腦！我要腦！」可憐的殭屍根本沒有意識到，丹尼和你加起來頂多只有兩個腦細胞。但是不扯開你的頭，他不會知道這一點。因此他死命敲打車頂，吼著要腦子，同時間，你正努力蛇行，試圖甩下他。

〈完蛋的睡過頭〉是一篇有殭屍的多重結局故事。

創意動手寫寫看

創造怪物

　　想像恐怖的怪物或是劇本，是非常有趣的事。不過別只是聽我說——務必親自嘗試。想像可怕、噁心、凶狠、邪惡，還會殺人的這類怪物，可以是外星人，或是我們熟悉、但經過可怕變種的生命體，或者也可以是來自別的星球、完全不一樣的生物。

　　描述你的怪物，畫出怪物（如果你敢畫的話！），並加注形容牠最致命的特點。

……或試試這個

混搭

混搭下面兩列字詞，創造出你的怪物（可以使用一個以上的形容詞來描述名詞）。畫出並描述怪物，然後趁牠殺死你之前快逃！

形容詞

- 殺人
- 變種
- 殭屍
- 吸血
- 怪眼
- 討厭的

名詞

- 袋鼠
- 無尾熊
- 袋熊
- 鸚鵡
- 鴨嘴獸
- 老奶奶

塗鴉漫畫

　　塗鴉先生是泰瑞最受歡迎的漫畫角色，出現在「就是」系列的頁面邊緣漫畫裡。如此簡單的角色（畢竟他只是一團塗鴉），塗鴉先生卻非常活躍。例如，他會去衝浪、溜冰、買貝果、為了看歌劇而正式打扮，還買了飛彈。

下面是塗鴉先生眾多冒險的小例子。

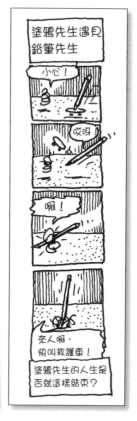

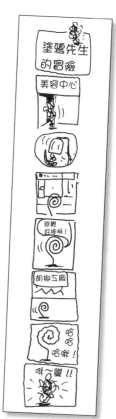

塗鴉先生打扮
正式去看歌劇

塗鴉先生的炸彈

塗鴉先生
看書

塗鴉先生夢遊

塗鴉先生的人生
是否就這樣結束？
讀貝第130頁。

塗鴉先生
買貝果

完

塗鴉先生
買核子飛彈

（飛彈就是像
火箭一樣會爆
炸的東西）

塗鴉先生的人生是否
就這樣結束？

207

創意動手寫寫看

畫你自己的塗鴉先生漫畫

塗鴉先生最棒的一點就是非常好畫。你要做的就是塗鴉。

構思你自己的標題，也可以使用下列清單：

- 塗鴉先生高空跳傘
- 塗鴉先生泡澡
- 塗鴉先生玩滑板
- 塗鴉先生在海灘的一日
- 塗鴉先生的生日派對
- 塗鴉先生戀愛了

塗鴉先生的人生是否就這樣結束？

世界末日

一則未經證實的報導指出，宇宙
爆炸了，宇宙中所有生物無一倖
免。我們不知道這則消息是真是
假。我們進一步了解後也會盡快
讓您知道。

練習 28

無厘頭新聞

「世界末日」是我最喜歡的假新聞文章，出自《柯氏趣味圖
畫書第三集》，是我成長過程中最喜愛的書之一。書中最有趣的
一頁，就是一則幾可亂真的新聞，叫作〈動物郵報：叢林最新消
息〉。裡面全都是蛇吞掉自己、消失的大象，還有蚊子下蛋比賽
之類的故事。

我很喜歡寫假新聞報導，從下面幾個範例應該可以看得出來。

地球軌道上的乳牛！

昨晚成為全世界第一頭跳過月球的乳牛，現在仍在地球軌道上。

據信，黛西貝兒小姐正以時速三百公里繞行地球。當局正想辦法將牠拉回地球表面。

謠傳指出，當局求助於現任世界套索冠軍——狂野比爾·布利。

黛西小姐從維多利亞的里昂加塔東南方的牧場穀倉屋頂起跳。

目擊者表示，牠起跳時身邊跟著一隻貓，這隻貓曾為《洛基》主題曲演奏小提琴。

黛西小姐是極限團體，跳跳牛協會的創辦成員。

協會的發言公牛嗨福先生對於這一躍簡直欣喜若狂。

「這是一頭牛的一大步，更是全體牛群的一大步。」他說：「我們都以黛西小姐為傲。這是了不起的成就，尤其是牠的體重超過五百公斤，還是一頭牛乳滿滿的乳牛。我們只希望牠能夠平安歸來。」

除了跳高，這個協會的活動還包括乳牛跳傘、公牛高空彈跳，以及小母牛滑翔翼。

農夫創立的反對農場動物做蠢事協會，強力反對跳跳牛協會的活動。協會總幹事鮑伯·敏感警告，將會加強牛隻放牧牧場的保護措施。

「這種毫無意義的跳高已經失去控制了。牛隻必須明白牠們並不是鳥，而是在地面上活動的哺乳類動物。牠們的工作就是安靜的站在牧場上吃草、產乳。」

學生的腦在數學考試時爆炸

數學考試的壓力對於九年級學生丹尼爾・皮克特而言實在太過沉重，昨日數學考試途中，他的腦爆炸了。

「我發現他在寫第一頁時，就很痛苦了。」丹尼爾的一位朋友表示，「他不斷搖頭，不斷喃喃說道：『我看不懂。』」

警方調查現場時，認為是包含反函數的三段式問題引起爆炸。

「很明顯他試圖在腦中進行計算，而不是使用計算機。」警長賈聰明表示，「除非你瘋了，或是像我一樣聰明，否則不應該這麼做。」

校方清潔人員非常憤怒。「老師們設計這麼困難的考題，完全沒有考慮到事後打掃的清潔人員。」一位工會成員說道：「如果這種事再度發生，我們不排除有所行動。」

不過數學老師毫無悔意。「我不在乎有多少學生的腦會爆炸。數學是非常重要的生活技能，我的學生必須學習，即使會喪命——丹尼爾顯然是因此而喪命。」

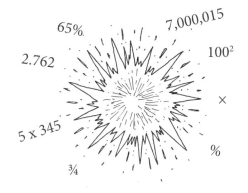

畫家重現了丹尼爾・皮克特的腦爆炸當下可能的樣貌。

「我長腿了!」蝌蚪如此表示

一隻蝌蚪揭露牠的生活如何在失去尾巴,並長出雙腿後有了劇烈變化。

「一開始我覺得這很蠢。」蝌蚪說,牠是四年級自然課學生數週前為了研究而採集的蝌蚪之一。

「我是說,之前我從來沒有腿,我不知道該拿它們怎麼辦——我一直滑倒,摔出水缸。」

「我不知道為什麼會發生在我身上。在那之前,我就是玩玩尾巴,游來游去,盡量大吃,就和其他人一樣。」

「我猜在我心底,一直知道是可能長出腿的,但是從來沒想過會發生在我身上。」

蝌蚪還不知道未來該何去何從。「我不知道往後要怎麼辦。有太多謠言了,有些人說你會變成青蛙,甚至變成學生,但是我猜他們只會拔掉我的腿——我的意思是,還有什麼比這更糟的事嗎?」

「跑步俱樂部和舞蹈公司來找過我,不過再看看吧——如果可能的話,我寧願和朋友一起待在水缸裡。」

出自《超級壞壞書》中的假電視新聞快報。

這些「每日壞新聞」文章出自《就是驚嚇！》的〈非常非常好的藉口〉。

創意動手寫寫看

寫一則新聞報導

選擇你最喜歡的兒歌、小說、歌曲或電影，把它寫成一則大新聞。

新聞報導必須要回答五個問題。

1. 發生什麼事？
2. 牽連到誰？
3. 為什麼發生？
4. 何時發生？
5. 在哪裡發生？

只要回答上述五個重要問題後，就可以加入更多細節描述第六個問題「如何發生？」。

決定最有新聞價值的元素，試著從有趣的角度切入故事。例如在兒歌〈奇妙奇妙真奇妙〉中，有許多可以取用來說故事的角度。例如被盤子帶走的湯匙、跳上月亮的牛、大笑的小狗、拉小提琴的貓。

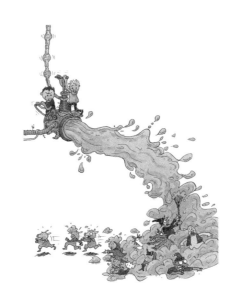

練習 29

從前從前史萊姆（童話兒歌改寫）

　　兒歌和詩向來是我的靈感和樂趣泉源，其中滿是美妙劇情和瘋狂的角色，最棒的是可以隨心所欲引用，創造自己的故事。

不妙不妙真不妙

貓咪亂撒尿
牛在月亮上大便
小狗覺得有趣汪汪汪
然後用湯匙全部吃光光。

壞壞瑪麗，個性很差勁
你的花園長得好不好？
毒藤、荊棘和薊
還有整排帶刺的草。

瑪麗有一隻壞小羊

瑪麗告訴自己，
「這樣下去可不行！」
因此她發射大砲轟炸了小羊
然後把整隻小羊拿去烤。

瑪麗有一隻壞小羊
牠的羊毛黑得像柏油。
牠抽菸喝酒還熬夜
最喜歡整晚咩咩叫。

某天牠開著鮮紅色的羊寶堅尼
跟著她到學校，
身上只穿著瑪麗的咩基尼
還有臉上羊羊得意的奸笑。

我的壞版本兒歌。

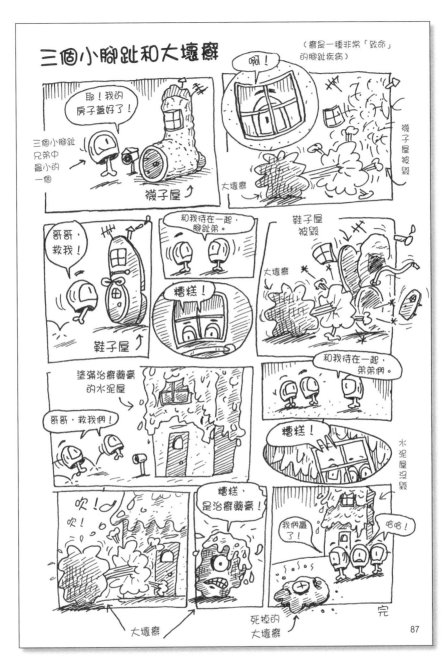

泰瑞版的〈三隻小豬和大野狼〉。

第一幕，第一場

隨意一間屋子某處，布滿灰塵的窗台上。

死蠅瑞拉：（用她的管狀口器當作吸塵器）終於，可憐的我。我在這裡工作到外骨骼快散了，而我可恨的繼姊卻坐在她們的肥肚子上，嘻嘻哈哈玩鬧著。

死蒼蠅繼姊一號：哈哈！

死蒼蠅繼姊二號：嘻嘻！

死蒼蠅繼母：（嘔吐）嘔！嘔！

死蠅瑞拉：喔，太噁心了，死蒼蠅的嘔吐物！

死蒼蠅繼姊一號：別光站在那裡看，死蠅瑞拉。快過來吃掉！

死蠅瑞拉：（用她的管狀口器吸光嘔吐物）終於，可憐的我。

死蒼蠅繼姊二號：說到這個，我們可沒辦法整天坐在這裡看死蠅瑞拉好吃懶做。我們得趕快為死蒼蠅王子的舞會做準備。

死蒼蠅繼姊一號：沒錯，我們必須打扮得很美。死蠅瑞拉，快過來擦亮我的翅膀。

死蒼蠅繼姊二號：快來梳我的毛！

死蒼蠅繼姊一號：打亮我的大複眼！

死蒼蠅繼姊二號：幫我的管狀口器撲粉！

〈死蠅瑞拉〉改編自灰姑娘的故事，不過所有角色全都是死蒼蠅。

褐泥公主和七懶人

很久很久以前，有一位噁心的公主叫作褐泥。她住在臭呼呼的沼澤，還有七個懶人，名叫臭臭、髒髒、鼻涕、亂亂、蛆蛆、懶懶和蘿蔔特。

褐泥和七懶人吃泥土，在內褲裡放泥漿，對彼此的臉打噴嚏，在耳朵裡塞進整把小蟲，而且從來不刷牙。

有一天，一位叫作便便褲的不英俊王子，騎著髒兮兮的疣豬穿過森林，看見褐泥和七懶人正在打泥巴仗。

便便褲王子看到褐泥髒兮兮的衣服、滿是泥巴的臉、灰撲撲的頭髮，還有鑽出蠕蟲的耳朵，立刻就愛上她。

　　他跳下疣豬，踏進沼澤走向她。「你是我這雙浮腫、充滿血絲的眼睛，見過最髒、最最最可鄙的公主！」他說：「妳願意嫁給我嗎？」

褐泥舀起一大把泥漿，砸到王子臉上說：「我當然願意。我這輩子都在等像你一樣不英俊、沒有吸引力又不衛生的人！」

　　便便褲王子和褐泥相擁相吻，但是不幸的，他們這輩子從來沒刷過牙，他們恐怖的口臭混合在一起，形成一陣毒性極強的霧氣，不只殺死他們兩人，也殺死了臭臭、髒髒、鼻涕、亂亂、蛆蛆、懶懶和蘿蔔特。沒有人幸福快樂的活下來。

完

我的噁心版《白雪公主和七矮人》。

創意動手寫寫看

改寫童話……

選擇一則童話故事，改寫成你自己的「噁心版」。你也可以選擇兩則童話故事，結合在一起。或者混搭一大堆不同童話故事的元素和角色，打造你自己的超噁心原創版童話故事。

噁心童話故事標題：

- 鼻涕小綠帽
- 三個小白痴和一個大壞蠢蛋
- 辛度臭拉
- 血紅公主和七個小吸血鬼
- 睡醜人
- 鼾聲睡美人
- 沼澤王子
- 公主與尿尿
- 公主與便便
- 小蠢人魚

寵物和動物

　　以前我有一隻狗叫作炭炭。牠不是在街上和其他狗打架，或努力讓鄰居的母狗懷孕，就是在追汽車並試圖咬掉輪胎。牠從不放棄……即使被車撞了之後也不放棄。

牠只是重新站起來，咳了一點血，
跑回家，到牠的狗屋睡了一整個週末。
然後禮拜一，你猜得沒錯，牠又跑到街
上追逐汽車了。

我非常欣賞炭炭對生命充滿愉悅
的態度，尤其是牠的決心，我猜這就是
牠出現在許多「就是」系列故事中的原
因。

真實的炭炭，照片中安靜乖巧到幾乎不像牠。

其實仔細想一想，狗也很常出現在我其他的書裡。

吠叫

在屋裡到處留下泥巴腳印

（出自《瘋狂樹屋13層》）

多年來我養過的寵物還有陸龜（有點悲哀）、美西螈（有點無聊）、蝌蚪（有點「只是用來餵美西螈」，但實際上比美西螈好玩多了）、帶魚（有點貴）、貓（有點愛抓人），還有海猴。

　　孩提時代，我被海猴的廣告吸引，牠們看起來像半人半獸的生物，住在多采多姿的水底世界，因此我省下零用錢，買了幾個海猴卵。加水之後我等待著神奇生物成形。海猴孵化了，很好，但並不是我期待中令人興奮的寵物。總之牠們只是鹽水蝦——某種扭來扭去的迷你小蟲。

《瘋狂樹屋13層》中，泰瑞的海猴子蛋孵出了真正的猴子！

「瘋狂樹屋」系列中有許多動物。吉兒這個角色擁有十三隻飛天貓、兩隻狗、一頭山羊、三匹馬、四尾金魚、一頭母牛、六隻兔子、兩隻天竺鼠、一頭駱駝和一頭驢子……。

其中絲絲絕對是她的最愛。

安迪和泰瑞的樹屋中也有動物，包括溜冰企鵝和食人鯊。

（出自《瘋狂樹屋13層》）

《瘋狂樹屋26層》
中的溜冰企鵝。

誰去幫我打電話
給作者，問他
我現在該去
哪裡？

創意動手寫寫看

五十字寵物故事

　　用剛剛好五十個字，寫一篇關於 ──
或描述 ── 你現在或過去的（或是你希望
擁有的）寵物的故事。看看在珍貴的五十
字中，可以展現出多少寵物的個性。

　　或許你可以先寫好故事，然後再消去不必要的字，直到剩下
五十字。標題長度可隨個人喜好而定。

就是惡搞！

安迪·格里菲斯

腦驚出版

練習 31

口袋書

　　早在我成為「正式出版」作者之前，我就已經發行過自己的十二頁口袋書。其中最受歡迎的作品包括《就是惡搞！》的惡作劇指南，《如何阻止自己變成蛞蝓》的自救書，以及叫作《我的屁股抓狂的那一天》的動作驚悚作品。

過去我在墨爾本的市集和書店販售這些小書，一本一塊錢。生意好的日子，我可以賺進三十到四十元，但是真正的回報是我的寫作開始得到回應 —— 有正面的，也有負面的，賣書得到的回應幫助我進步得更快。

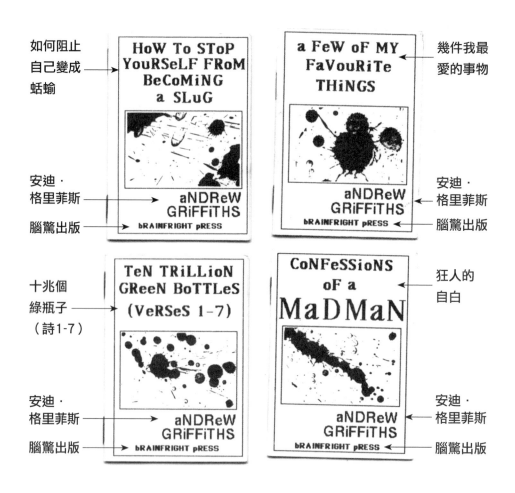

如何阻止自己變成蛞蝓

安迪‧格里菲斯

腦驚出版

幾件我最愛的事物

安迪‧格里菲斯

腦驚出版

十兆個綠瓶子（詩1-7）

安迪‧格里菲斯

腦驚出版

狂人的自白

安迪‧格里菲斯

腦驚出版

幾本我自己發行的口袋書。

口袋書是向其他人展現你的寫作的絕佳方式……而且製作方法非常簡單！你只需要一張 A4 紙、一把剪刀和釘書機，就可以開始做了。

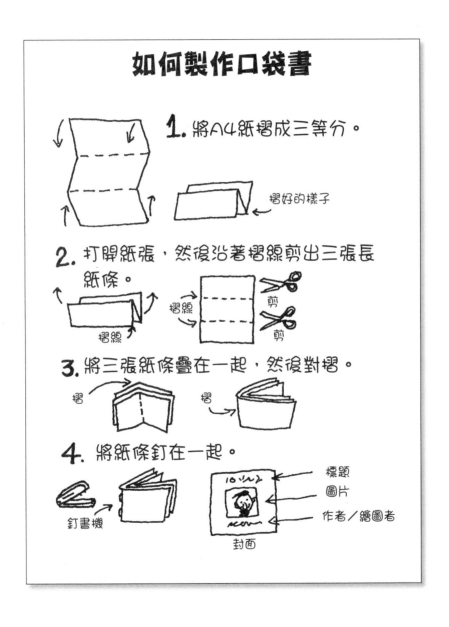

如何製作口袋書

1. 將 A4 紙摺成三等分。

摺好的樣子

2. 打開紙張，然後沿著摺線剪出三張長紙條。

摺線

摺線

剪

剪

3. 將三張紙條疊在一起，然後對摺。

摺

摺

4. 將紙條釘在一起。

釘書機

標題
圖片

作者／繪圖者

封面

我向來喜歡先設計封面。寫下名字、畫圖、構思符合故事內容的有趣標題的過程，有助於讓我進入狀況。口袋書寫起來也很好玩，因為每一頁只要寫幾個字就好。用圖片呈現也很棒。下面是叫作〈手指超人〉（出自《瘋狂樹屋 13 層》）的漫畫，編排成口袋書形式。

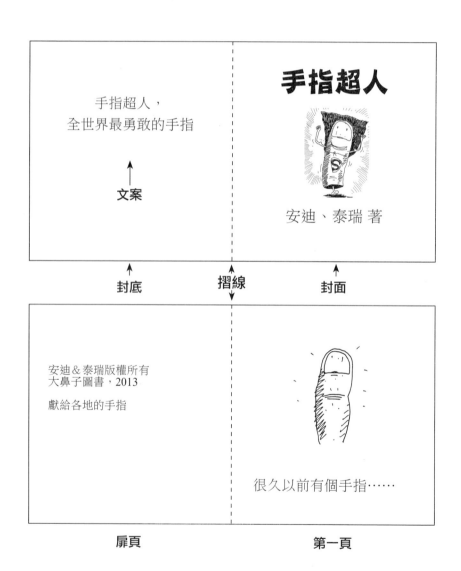

我是手指超人，工作是處理所有要靠手指解決的麻煩。

那可不是普通的手指…
他是手指超人！

第二頁

有一天，手指超人出門尋找要靠手指解決的新麻煩。
他聽到有人在開戶外搖滾演唱會。

第三頁

手指超人飛近一瞧，
舞台上有他最愛的天才吉他手吉米·罕醉克斯。

第四頁

可是手指超人看了看，發現吉米有麻煩！
他彈的吉他獨奏是史詩級巨作，可是手指不夠用！

第五頁

這看來像是手指超人的
工作！

第六頁

手指超人飛到舞台上，頭
下腳上落在吉米的吉他指
板上。

第七頁

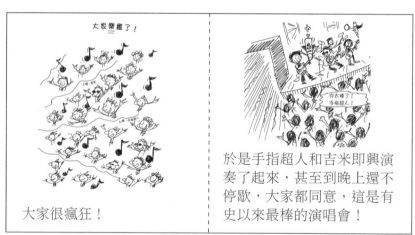

大家很瘋狂！

第八頁

於是手指超人和吉米即興演
奏了起來，甚至到晚上還不
停歇，大家都同意，這是有
史以來最棒的演唱會！

第九頁
（封底裡）

創意動手寫寫看

製作口袋書

　　製作口袋書是我最喜愛的寫作工作坊活動，而且似乎也非常適合各個年齡層和程度的寫作者。將一張 A4 紙橫向摺成三等分。沿著摺痕剪下紙張。將這些紙條釘起來（見前面圖解）。

　　如果你想要做開本較大、頁數較少的書，那麼就將 A4 紙剪成兩條紙條（而不是三條）。如此就能做出八頁的書，每一頁有更多空間可以寫字和畫畫。

　　口袋書最大的優點之一，就是你可以隨心所欲的以各種形式書寫。可以是故事、清單、使用說明手冊、附圖手冊、敘事等等。幾乎所有本書中的書寫習作都能以口袋書形式呈現。

　　使用下列故事標題，幫助你開始寫作：

- 九種惹怒兄弟／姊妹的方法
- 九件你對於 ＿＿＿＿＿＿＿（在這裡加入你最喜歡的地方／主題／活動）應該知道的事
- 九個我最討厭的東西
- 九個我最喜歡的東西
- 如何在 ＿＿＿＿＿＿＿（在這裡加入你居住的地方的名字）玩耍
- 如何踢足球

- 如何在大富翁遊戲作弊
- 我……的那一天
- 我的貓去購物的那一天
- 超級忍者奶奶
- 我妹妹把棉花棒塞進鼻孔的那一天
- 九件關於烏龜的恐怖事實
- 如何殺死小蟲
- 番茄怪物
- 如何成為真正的男人
- 如何成為真正的女人

利用書後附的隨機點子產生器，幫助你想出其他點子。

裸體男孩和鱷魚

故事／偏鄉原住民村落孩童

編輯／安迪·格里菲斯

原住民閱讀基金會

「開啟通往年輕人夢想的大門。」
——莎莉·摩根

《裸體男孩和鱷魚》是偏鄉原住民村落孩童們製作的口袋書。
（可上www.indigenousliteracyfoundation.org.au訂購）

這是一個男人
叫作基斯三層。
他最外面穿了一件外套，
底下還有兩層。

練習 32

詩

　　我喜歡寫詩這件事或許相當明顯，我寫過兩本全都是詩的書：
《地墊上的扁扁貓》和《暴走大胖牛》，在《壞壞書》和《超級壞
壞書》中也有很多首詩，更不用提我還試圖在「就是」系列和「瘋
狂樹屋」系列中放進幾首詩。

我用《約翰與貝蒂》這類型針對幼兒的閱讀學習書，學會最基本的二十五行詩。（不過《約翰與貝蒂》之類的書並不像我的詩一樣充滿動作感！）

和安迪一起學閱讀

看我跳
看我跑
看我彈跳
真是好好笑
看我彈跳
看我跑
看我跳
好笑好笑好好笑。

看我跳
在床上跳
我跳好高
我的頭
撞到天花板
撞到屋頂
撞得好用力
呃！啊！嗷嗷嗷！

〈和安迪一起學閱讀〉的前兩首詩。

〈貓咪、地墊、老鼠和球棒〉是《地墊上的扁扁貓》中最受歡迎的詩。

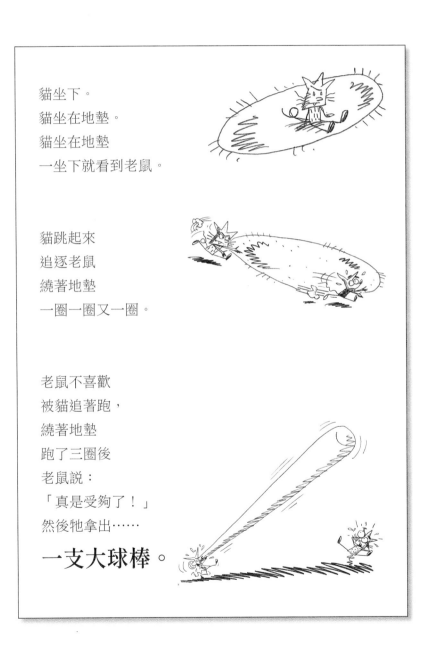

貓坐下。
貓坐在地墊。
貓坐在地墊
一坐下就看到老鼠。

貓跳起來
追逐老鼠
繞著地墊
一圈一圈又一圈。

老鼠不喜歡
被貓追著跑，
繞著地墊
跑了三圈後
老鼠說：
「真是受夠了！」
然後牠拿出……

一支大球棒。

老鼠追著貓。
老鼠帶著球棒
追著貓。
老鼠帶著球棒
追著貓
繞著地墊一圈
一圈又一圈，
直到……

14   15

那隻貓再也不追老鼠 ——
貓被敲得太扁再也不能追老鼠。

十個倒楣海盜
盪藤蔓……
一個掉下去剩九個。

《瘋狂樹屋26層》中的詩
〈倒楣的海盜〉。

去睡覺！

我躺在沙發上
正在看書[1]
這時媽媽走進來
惡狠狠瞪著我[2]。

「安迪？」她說：
「你聽到我的話了嗎？
放下書，
去睡覺！[3]」

但是我不可能
去睡覺[4]。
進退兩難。
該是時候求媽媽。

1. 這本書很好看。是關於不想睡覺的小孩。
2. 你懂的。
3. 我聽到了，但是我假裝沒聽到。
4. 我猜機動人才不會八點半就睡覺。

〈去睡覺！〉是完全以詩敍述的故事。

露絲和吵得要命的
喇叭。

這是露絲。
露絲騎她的速克達。
露絲騎她的速克達
還有吵死人的大喇叭。

《瘋狂樹屋13層》中，恐怖的人魚公主向泰瑞
揭露她的計畫。

《壞壞書》中的〈小威利〉。

創意動手寫寫看

寫一首押韻詩

　　試著像《地墊上的扁扁貓》和《暴走大胖牛》，用單韻腳寫詩。選擇一個韻腳（例如ㄠ），盡量寫下你能想到的押韻字（**例如：好、貓、高、膏、燒、超、牢、寶、老、稻、鬧、帽**）。然後從清單中尋找靈感，看看這些字是否能拼湊成一個故事。

有一隻鴨鴨。
他的名字叫<u>查查</u>。
查查鴨鴨
開一輛冰淇淋車。

但是某個雨天
查查的車打滑。

「真是太倒楣啦。」
查查鴨鴨說：
「我的冰淇淋車
摔進爛泥巴。」

補充：線上韻腳字典是尋找押韻字的絕佳資源。

······或試試這個

惡搞詩

利用一首你已經知道的詩（或歌曲），改編成一首詩。

有一個
老太太
吞下了便便。
我不知道
她為什麼吞便便，
也許她等一下會吐。

改編自〈吞下蒼蠅的老太太〉。

蛋頭人在牆上塗鴉
在牆上寫滿罵人的話。
國王的人和國王的馬
沒收他的噴漆
把他腦袋打成蛋花。

改編自〈蛋頭人〉兒歌。

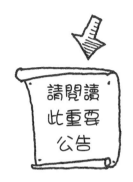

練習 33

海報和看板

　　如果你希望吸引他人的注意力，並且提供訊息（而且你付不起飛機在天空噴字，或是租告示板空間的費用），把訊息寫在海報或看板上就是最好的方法了。

　　海報和看板也是絕佳的說故事幫手，在我的書裡處處可見。

通緝
太帥罪

泰瑞・丹頓
（藝術家）

通緝
太煩罪

安德魯・
格里菲斯
（作家）

請勿
閱讀此
重要公告

（謝謝）

小心
殺人貓

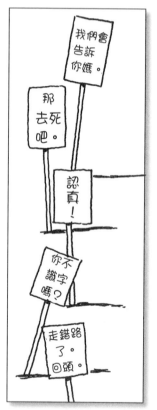

我們會
告訴
你媽。

那
去死
吧。

認真！

你不
識字
嗎？

走錯路
了。
回頭。

你剩下
的生命

往冰淇淋店

（出自《瘋狂樹屋26層》）

小心
超跑大蜈蚣

（出自《瘋狂樹屋13層》）

有一天到海邊散步，
我看到一個告示牌：
「小心蜜蜂，
除非你是跳蚤，
否則牠們會叮你。」

（出自《瘋狂樹屋26層》）

（出自《瘋狂樹屋13層》）

《瘋狂樹屋 13 層》中絲絲不見的時候，吉兒做了一張海報。

在〈非常非常好的藉口〉故事中，安迪看到這張海報，才發現自己被警察通緝。

海報也可以廣告很酷的新服務和產品……無論它們是否真實
存在！

腦 的 世 界

折扣

腦部手術 和 蒸氣清潔

記憶力不好嗎？
思考不清晰嗎？
總是做蠢事嗎？
何不讓腦的世界為您的腦部充電、
進行蒸氣清潔呢？

優惠中
只到本月底

25元／半腦
40元／全腦
500元／心靈按摩
2000元／腦細胞全面活化

50隻狗麵包

每條麵包
保證至少有五十隻狗

神奇湯匙筆！

不是湯匙

也不是鉛筆……

是神奇湯匙筆！

創意動手寫寫看

設計海報

為想像的產品、服務、樂團、電影、書、小東西、食物、度假目的地，或任何你想打廣告的東西，製作一張吸引目光的海報。

效果最好的海報，其主要訊息一眼就能看見——但是別包含過多的訊息。

海報主題建議：

- 徵求（新爸媽、新腦子、新兄弟或姊妹等）
- 神奇新食物（例如：飛天猴口味冰淇淋）
- 想像的電影（例如：太空殺人無尾熊、惡鴨布蘭多）
- 美妙的度假目的地（也許是火星、聖母峰或海底）
- 樂團或演唱會
- 全新小東西（盡情發揮想像力吧）
- 警告海報（例如：路滑時會路滑、注意隱形牛）

20世紀影業全新失敗演出

布蘭多！

惡鴨布蘭多

它會咬你腳踝，恐嚇洗臉毛巾，拔掉浴缸塞子……

再也沒有平靜的泡澡時光

你想要

被縱切成兩半？

還是

橫切成兩半？

練習 34

問答和測驗

我真的非常喜歡測驗和問答——回答問題和製作問答都好喜歡。所有「就是」系列的封底都是以測驗來取代文案。

當然啦，你可能會注意到，無論你的測驗分數高低，答案總是指向你會愛死這本書——嘿，我沒說過這些是真正的測驗喔……它們是封底文案，就是設計來鼓勵你閱讀這本書的呀！

這本書適合你嗎？

做完這個瘋狂測驗就知道了。

是　否

☐　☐　你在床上跳來跳去，跳得太高結果
　　　頭撞到天花板？

☐　☐　你是否曾經在鏡子裡看見一個瘋子
　　　正在盯著你？

☐　☐　你是否喜歡閱讀小貓、小狗、小馬
　　　被打爛成泥的故事？

☐　☐　你是否曾經有過衝動，想要脫光衣服，
　　　全身裹滿泥漿？

☐　☐　你是否經常浪費時間，做像這個測驗
　　　一樣的瘋狂問答？

計分：「是」計為1分，「否」計為0分。

3–5分　你超瘋的，一定會愛死這本書。

1–2分　你不完全是瘋子，不過距離發瘋也不遠了。
　　　你會愛死這本書。

0分　你瘋到自己都沒有發現自己瘋了。
　　　你會愛死這本書。

《就是瘋狂！》封底文案。

泰瑞也很喜歡製作問答，從下面的例子就可以看出。

① 海鰻　② 鳥　③ 蛇

④ 鯊魚　⑤ 蟾蜍　⑥ 犀牛

⑦ 河馬　⑧ 蜘蛛　⑨ 猴子

⑩ 魚　⑪ 鬥牛犬　⑫ 蝸牛

如果你必須親吻以上其中一種生物的<u>嘴唇</u>，
你會選擇哪一個？

為什麼哥哥／姊姊
總是自動將一切怪
罪於他們的弟弟／
妹妹？

A：因為搗蛋鬼會
　　這麼做。

B：因為這樣做他們
　　會感覺比較好。

C：因為他們喜歡
　　看小孩被懲罰。

D：以上皆是。

253

在《就是討厭！》的〈你是否寧願？〉中，安迪花了整個故事考驗他的家人的耐性，問他們寧願被螞蟻，還是獅子吃掉，或是寧願被磚塊，還是羽毛砸死。

幾乎你能想到的事物都能製作成問答。以下就是我製作的問答之一，幫助人們決定他們是不是紙箱。你是不是不太確定？來做做這個問答吧！

你是紙箱嗎？

做完這個紙箱測驗就知道了！

是　否

☐　☐　你洗澡後會變得溼答答的，
　　　　還黏在瓷磚上嗎？

☐　☐　你吃早餐時，人們會抓著你的脖子提起你，然後試圖從你的嘴巴搖晃倒出玉米片到他們的碗裡嗎？

☐　☐　走在街上時，風會把你和其他紙屑垃圾一起吹走嗎？

☐　☐　搭火車時，車長堅持你必須和其他貨品一起待在貨車廂裡嗎？

☐　☐　你打電話有困難，因為你沒有耳朵、嘴巴和手指嗎？

計分：「是」計為1分，「否」計為0分。

3–5分　　你是紙箱。
1–2分　　你和紙箱有很多共同點。
　0分　　你不是紙箱。

如何知道自己是不是雞？

你有羽毛嗎？

你的腿看起來像棒棒腿嗎？

它們聞起來也像雞肉。

你是否曾經發現自己身處熱呼呼的烤箱，身邊都是馬鈴薯？

媽！爸！

如果其中一個答案為「是」，那麼你就是雞。

255

創意動手寫寫看

製作問答

1. 你喜歡打造瘋狂的問題嗎？

2. 你喜歡要求別人做選擇嗎？

3. 你喜歡發明問題，讓別人做選擇嗎？

4. 你喜歡想像問題和各式各樣的答案嗎？

5. 你喜歡測驗嗎？

如果以上其中一個問題的答案為「是」，那麼你絕對會喜歡打造自己的問答！

問答題可以是選擇題，提供數個選項讓作答者選擇，也可以是直接的是非題。

你的問答題可以依照你的喜好，超級蠢或是超級敏感。

別忘了納入得分系統！

開始動腦的最佳方式，就是列出至少二十個可能的問答標題。相信至少有一個能給你靈感。

你有多不成熟？

野咪咪國

我的咪咪發瘋的那一天

咪咪工廠的祕密

哈利波特：消失的咪咪密室

友善的咪咪

如果其中一個標題讓你笑了，表示你非常不成熟！！

練習 35

規則（以及如何打破規則）

　　我很愛寫角色如何打破規則的故事。事實上，幾乎所有我的故事內容都是某種打破規則的故事。無論是打破校規、交通規則、行為端正有禮的規則，或者只是一般的說故事慣例，我的角色全都盡量打破這些規則。

布萊恩和他的
超級壞主意

嘿，布萊恩
你今天要做
什麼？

我要空手停
下公車。

沒有人能夠空手
停下公車的！

不行嗎？

「媽媽別怕，
　你可以相信我！」
　　但是媽媽才剛轉身，
泰倫斯的雙眼
　　開始
　　　　發亮……

他從口袋拿出叉子，
　　插進
　　　　插座裡。
他打開開關，
　　全身通電兩百四十伏特，
　　　讓他劇烈顫抖。

潘妮‧麥羅斯照三餐
挖鼻孔，
挖到腦袋破掉，
全家嚇到死翹翹。

超級壞獸醫

我的狗狗生病了。

給牠兩根炸藥。

噓先生的
你絕對不可以對書做的十件事

1. 在書上綁兩條繩子，繩子兩端分別綁在兩匹馬身上，然後讓馬互相往反方向走，直到繩子繃緊，把書扯爛。

2. 把書打碎至原子狀態，再把原子打碎成夸克，然後把夸克打碎成更小的粒子，小到沒有名字。

3. 舔掉書上所有的油墨，即使油墨非常美味。

4. 把書放進魚缸裡，即使那是一本關於魚的書。

5. 把書頁撕成小碎片，然後拋到空中製造暴風雪的感覺。

6. 用書頁做動物摺紙。

7. 在書上裝輪子，當成滑板玩。

8. 鬥劍時，把書當作盾牌。

9. 下雨時，把書當成帽子遮雨。

10. 把書放進火箭，發射到太空（無重力對書非常不好，所有的字都會從書頁飄起來）。

在〈讓我退學〉中，假期結束後安迪回到學校，試圖打破所有他可以想到的規則，只為了被退學，這樣他就再也不用上學了。

今天是回到學校的第一天。

如果一切按照計畫進行，這也將會是我在學校的最後一天。

我坐在教室後方角落。事實上我並不是真的坐著。我靠著椅背，把所有重量放在椅子後面的兩條腿上，就像我們不應該做的那樣。

這還不是我唯一打破的規則呢。

我把腳放在桌子上，而且沒有穿鞋子；我戴著帽子；我的 T 恤破破爛爛，正面還有粗俗的句子；我帶著隨身聽；我面前的桌上放了一大盒口香糖、一個紙團發射器，還有幾坨剛嚼過的紙團。我在黑板上畫了這個模樣瘋狂的火柴人圖畫，眼球掉出來，還露出大牙；他用鐵鎚敲打自己的頭說：「快看我，我是你們愚蠢的新老師！」我在下方署名安迪·格里菲斯，這樣就不可能怪罪到其他人頭上。

我猜想新老師會和所有的新老師一樣。他們
會希望給學生來個下馬威，絕對不會手下留情，
會警告或是留校察看，或是打電話給家長。他們
一定會找一個代罪羔羊直接送到校長室。他們不
會花太多時間的，因為我已經準備好，而且滿心
情願呢。

　　很不幸的，新老師對教室規則非常不同於安迪的其他老師，
安迪發現她拒絕接受他做錯事。

　　然而真實生活中，打破規則是很容易惹上麻煩的。因為只要
仔細想想，規則實在有夠多。

被退學的成功之道#6

安迪帶著大剪刀，伺機在集會時剪斷校長的腰帶。

創意動手寫寫看

寫一張規則清單

　　寫一張你人生中被教導的所有規則，想到就寫。看看你是否可以寫到十條。如果寫到十條，那就試著寫到二十條。利用下列清單幫助你開頭。

- 學校規則（功課、制服）
- 爸媽的規則（睡覺時間、家事）
- 衛生規則（上廁所後要洗手、咳嗽時用手遮住嘴巴）
- 禮儀（要說請和謝謝、嘴裡有食物的時候不可以說話）
- 愚蠢的規則（不可以扮鬼臉，因為如果風向改變，你的臉就會永遠變不回來、不可以餵狗吃炸藥）

……或試試這個

打破規則

　　選擇上述清單中你真的很想打破的一條規則。現在寫下你自己真的打破這條規則。當我寫這個時，習慣以第一人稱現在式書寫，例如：

　　我坐在教室裡，脫掉襯衫，脫掉褲子。我現在全裸了……

練習 36
劇本

開始寫故事的時候，有時我會先從兩個角色的對話著手，看看接下來如何發展。這並不是真正可以表演的劇本，只是探索角色和各種點子的有效方法，而且不必寫出整個劇本和故事（雖然聽起來很怪，不過故事和劇本常常會從這些對話中浮現）。

〈消防水管的玩法〉是《就是驚嚇！》中的第一篇故事，改編自我和我女兒（當時她四歲）看著其他人野餐時的對話。我覺得這完全就是安迪和泰瑞在故事中會有的對話……

消防水管的玩法

丹尼： 嘿，安迪，我一直在想，你知道嗎？我發現消防水管其實很好玩。

安迪： 消防水管？

丹尼： 沒錯！看到那些在公園野餐的人了嗎？

安迪： 看到了，但是他們和消防水管有什麼關係？

丹尼：這個嘛，如果我們有消防水管，就可以對準他們，打開水管，把他們全部沖飛！

安迪：這點子太棒了，丹尼。

丹尼：謝啦。

安迪：但是有個問題。

丹尼：什麼問題？

安迪：我們為什麼要這麼做？

丹尼：當然是為了好玩啊！想像一下，這些人全身溼透在溼答答的草地上滾來滾去，不斷揮手大叫「救命呀！救命呀！」並努力想要站起來！你知道我們會怎麼做嗎？

安迪：怎麼做？

丹尼：我們要把消防水管的水開得更強更猛，把他們全部再次沖倒！

安迪：對他們來說，這聽起來並不太好玩。

丹尼：是不好玩，但是對我們來說很好玩啊。而且別忘了，消防水管的水壓超強，可能還會沖掉他們的衣服呢⋯⋯

劇本不一定只能和人類有關。任何東西都可以彼此對話……
例如《就是噁心！》的〈死蠅瑞拉〉，改編自灰姑娘，不過人物
由死蒼蠅構成。

　　或者，像泰瑞在「就是」系列中畫的，連頁碼都可以變成有
戲劇性對話的角色……

《就是馬克白！》中，「就是」系列的角色以莎士比亞劇本《馬克白》的方式彼此糾纏不清。接下來的場面，是麗莎（她以為自己是馬克白夫人）試圖說服安迪（他以為自己是馬克白）殺死國王鄧肯，如此他們就能成為國王和王后。

麗莎：如果我們想要當國王和王后，就必須除掉鄧肯。

安迪：妳的意思該不會是……

麗莎：正是如此。

安迪：謀殺他？

麗莎：正是。

安迪：究竟為什麼？

麗莎：因為只要他活著，你就不能當國王！也就是說，我不能當王后。

安迪：但是謀殺鄧肯？那……那會是……謀殺啊！

麗莎：這個嘛……我覺得這只是其中一種看法。

安迪：我們不能這麼做。

麗莎：為什麼不能？

安迪：首先，我不覺得我們有充分的理由這麼做。

麗莎： 我們當然有。

安迪： 不，我們沒有。

麗莎： 你想當國王嗎？

安迪： 想啊，但是……

麗莎： 安迪，聽我說！只要夠努力思考，你永遠可以想到不去謀殺某人的理由！

安迪： 是沒錯，但是並沒有謀殺他的必要，他可能會死於自然死因。

麗莎： 也許你是對的。也許你不必殺掉鄧肯也會成為國王 —— 但是可能會花非常久的時間。等到他死的時候，你已經老到無法享受當國王了。當你擁有所有想要的威茲費茲糖，然後你會說：「喔……我老到一口氣吃一湯匙威茲費茲糖就會噎死。」這就是你想要的嗎，安迪？

安迪： 不、不是……

麗莎： 那就準備好！你不是被威茲費茲糖痛苦的噎死……就是殺了國王。這個決定不難吧？

安迪：（皺眉）不……應該不難。

創意動手寫寫看

寫劇本

　　以下列一種情形，用劇本形式寫一段簡短對話；不需要寫出完整故事，只要好好享受寫對話，看看會如何發展。如果你覺得結果很不錯，你和朋友可以利用對話為基礎，做簡短的演出。

- 狗試圖說服牠的主人增加牠的零用錢。
- 兩條金魚慫恿對方跳出魚缸。
- 猴子試圖說服動物管理員，說牠事實上不是猴子，應該放走牠。
- 兩隻恐龍正在為了哪一齣才是最佳史前電視節目爭吵。
- 蘋果和香蕉試圖說服某個人先吃它。
- 屁股和頭正在爭論誰才是身體更重要的部位。
- 兩個小孩正在爭論誰的爸爸比較勇猛。
- 兩個爸爸正在爭論誰的小孩比較勇猛。

回答問題

你正面對怒氣沖沖的爸媽，他們問了你以下其中一個問題。

選擇一個問題，並寫出接下來的對話。

- 為什麼姊姊／妹妹在哭？
- 為什麼狗沒有呼吸了？
- 金魚怎麼會在烤麵包機裡？
- 曳引機怎麼會在屋頂上？

快照

寫故事初期，我最喜歡做的事情之一，就是繪製我稱為「快照」或「靜止時刻」的故事場景。我會想像角色們有一本相簿，裡面放滿他們人生某些場合的照片。以下是我在繪製《瘋狂樹屋13層》時繪製的「快照」，圖畫很潦草粗糙，因為我只是試著盡快畫下可能繼續發展的故事點子。

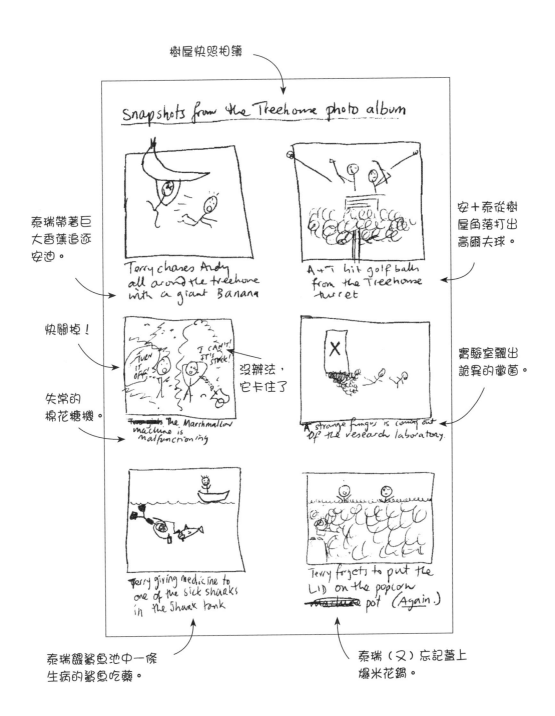

樹屋快照相簿

Snapshots from the Treehouse photo album

泰瑞帶著巨大香蕉追逐安迪。

Terry chases Andy all around the treehouse with a giant Banana

安十泰從樹屋角落打出高爾夫球。

A+T hit golf balls from the Treehouse turret

快關掉！

失常的棉花糖機。

TURN IT OFF!

I CAN'T IT'S STUCK!

The Marshmallow machine is malfunctioning

沒辦法，它卡住了

X

A strange fungus is coming out of the research laboratory.

實驗室飄出詭異的黴菌。

Terry giving medicine to one of the sick sharks in the shark tank

Terry forgets to put the LID on the popcorn pot (Again.)

泰瑞餵鯊魚池中一條生病的鯊魚吃藥。

泰瑞（又）忘記蓋上爆米花鍋。

273

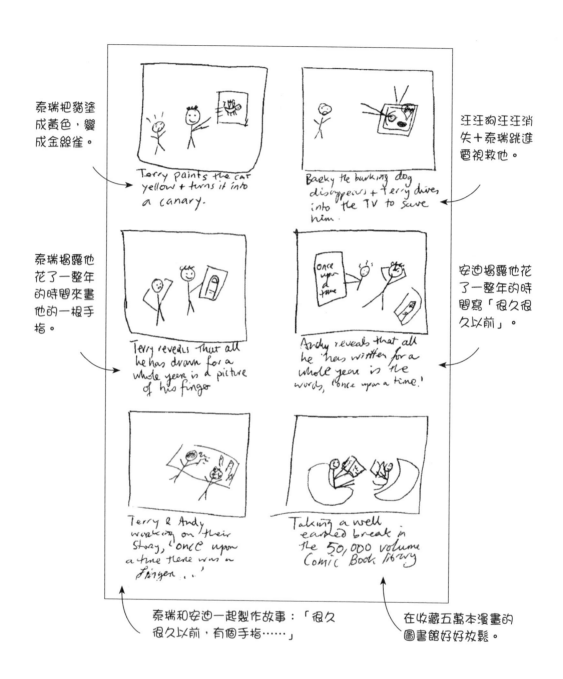

泰瑞把貓塗成黃色，變成金絲雀。

Terry paints the cat yellow + turns it into a canary.

汪汪狗汪汪消失＋泰瑞跳進電視救他。

Barky the barking dog disappears + Terry dives into the TV to save him.

泰瑞揭露他花了一整年的時間來畫他的一根手指。

Terry reveals that all he has drawn for a whole year is a picture of his finger

安迪揭露他花了一整年的時間寫「很久很久以前」。

Andy reveals that all he has written for a whole year is the words, 'once upon a time'.

Terry & Andy working on their story, 'Once upon a time there was a finger...'

Taking a well earned break in the 50,000 volume Comic Book library

泰瑞和安迪一起製作故事：「很久很久以前，有個手指⋯⋯」

在收藏五萬本漫畫的圖書館好好放鬆。

我的筆記本中的第一手快照草稿。

最後完成的書中，我並沒有使用所有的點子，許多想法在我寫故事的時候改變了，但是繪製和標注快照的過程幫助我想像整個樹屋世界，並且更加了解這個世界裡會發生的事情。以下是幾幅出現在完成版書中的快照（當然，由泰瑞重新繪製！）

泰瑞把貓塗成黃色，
變成金絲雀。

泰瑞揭露他花了一整年的時間
畫他的一根手指頭。

泰瑞用巨大香蕉打安迪。

泰瑞和安迪一起製作故事：「很
久很久以前，有個手指……」

快照的另一個絕佳好處，不僅可以幫助你生動描述故事中的場景，還可以用來創造戲劇化的開場。

「就是」系列中的許多短篇故事都是由清楚定義的時刻開頭。例如〈遜咖男孩〉的開頭就是安迪躺在姊姊床底下等著嚇她，因為她拿安迪尿床的事糗他。

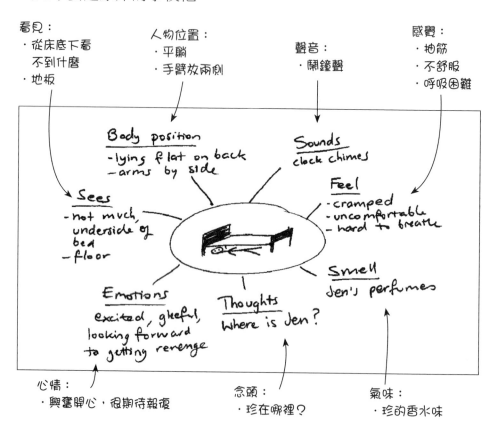

看見：
· 從床底下看
  不到什麼
· 地板

人物位置：
· 平躺
· 手臂放兩側

聲音：
· 鬧鐘聲

感覺：
· 抽筋
· 不舒服
· 呼吸困難

心情：
· 興奮開心，很期待報復

念頭：
· 珍在哪裡？

氣味：
· 珍的香水味

快照和一些注解。

完成故事開場的強力影像後，我會加以描繪，然後花一些時間思考我的角色會有的感覺、聽覺、視覺……等，就像上圖所示。

接著我會利用所有資訊，試著聚焦寫出開頭，盡可能包括許多細節，因為我認為讀者需要這些細節才能進到故事中。

遜咖男孩

我 抽筋了。

我好冷。

我快不能呼吸了。

我躺在姊姊的床底下已經超過一個小時。她在哪裡？靠近前門的時鐘響起，剛過午夜十二點，她跟爸媽說她十一點之前會到家的。

躺在床底下並不好玩。

床好低。每次呼吸，我的胸口就會抵到床底。轉頭還會擦傷鼻子。

所以我到底為什麼在這裡？

我告訴你為什麼。

為了報仇。

《就是蠢！》中的〈遜咖男孩〉開場。

我很喜歡以這種方式作為故事開場，因為可以帶讀者直接進入場景。設定好角色身處地點、他們正在做什麼、他們的感受，然後就可以在故事真正開始之前，加入其他讀者必須知道的細節。

創意動手寫寫看

快照

　　以下三個習作的用意，是幫助你捕捉人生中的特定時刻，探索此時此刻中豐富的感官細節。

1. 假裝你有一台想像相機，能夠拍下因為某些原因所以深植在你心中的時刻。這個時刻可能是你身陷麻煩、很害怕、很尷尬、開懷、難過、快樂，或是單純心滿意足。通常某些重要事件的前夕，也是很適合捕捉的時刻。速寫一張你的想像相片（畫火柴人也沒關係！）。

   注意：你只是畫單一時刻，而非一連串事件。

2. 為你的快照加注解，如前面內容所示。每個標題下至少要寫三個細節。

   視覺：深植你心中的影像細節是什麼？

   聽覺：你身旁有什麼聲音？

   觸覺：你的手中有任何東西嗎？你的手緊握著，還是打開的？

   嗅覺／味覺：記憶中是否有任何相關的特定氣味或味道？

身處位置：你的身體在做什麼？你的手臂在哪裡？腿呢？

思緒：這個當下，你的主要思緒是什麼？

心情／感受：這個當下，你的主要情緒或感受是什麼？

對話：你是否正在自言自語？或是和某人說話？那個人對你說了什麼嗎？

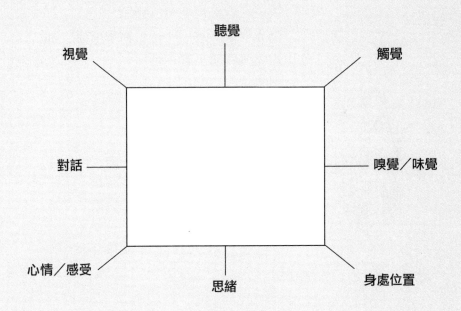

3. 好玩的部分來了：你要把快照轉變成文字。我通常喜歡以「我⋯⋯」或是一句對話作為開頭。完成後，或許可以嘗試念給其他人聽，這就是描述一個真實故事、部分真實，或是完全虛構的故事的絕佳開始。

你知道那種一切都⋯⋯你知道的⋯⋯完美無比的完美時刻嗎？

我現在就身處在這個時刻。

陽光燦爛、鳥鳴不已、微風吹拂，而且我的髮型看起來超正點。

但是等等，還不止如此呢。

我還有一支雙球冰淇淋，上面撒滿巧克力脆片，我正準備舔第一口。

我希望這一刻可以永遠持續下去。

當然沒辦法啦。

陽光太過炙熱，冰淇淋已經軟到快要撐不住。

我必須趕快舔第一口，否則什麼都不剩了。

安迪在〈舔〉的故事開頭享受完美時刻。

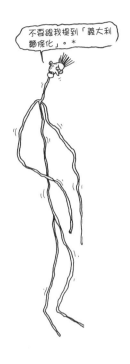

練習 38
誇大事實

　　讀者常常問我，「就是」系列書中的故事是不是真的。事實上，這些故事是真的，也不是真的。「就是」系列的許多故事改編自真正發生在我或某個我認識的人身上的事件，但是把事件改寫成虛構故事的過程中，我常常必須誇大事實，讓事件顯得更有趣且（或）更具有娛樂性。

注：義大利麵條化是指物體靠近黑洞時，會被拉成像義大利麵一樣細長。

〈爆裂！〉

這篇故事的高潮就是安迪僅用他的⋯⋯嗯，你知道的⋯⋯來撲滅購物中心的火舌，其中一部分元素是真實的。有一次我在大型購物中心一直找不到洗手間，還有一次我夢到我正要去廁所只為了醒來，並且發現我已經醒了，但是這兩個元素和故事中連結的方式有些出入。

突然間我知道我該怎麼做了。既能解決我的問題，同時還可以成為英雄。

「不好意思。」我說：「你不需要那些備用器具了。」

「你在說什麼？」他說。

「你有我啊。」我說。

「啊？」

「看好啦！」我說。

我盡可能的靠近燃燒中的建築物，拉下褲子拉鍊，瞄準。

啊啊啊啊啊啊啊啊啊啊！解脫，大解脫啊！火焰在我面前顯得軟弱無力，消失在一陣蒸氣中。人們聚集過來鼓掌。超市經理也在那裡。還有賣鉛筆的人、嬉皮，甚至老人也來了。他們歡呼著。

〈和安迪一起淋浴〉

　　這篇故事中，安迪用矽利康封住淋浴間，在其中裝滿水。真實生活中，我試過許多次要在淋浴間灌滿水，包括用洗臉毛巾塞住排水孔並站在上面，但是我遠不及安迪勇敢——或是愚蠢——做到這個地步。

　　我誇大事實，讓故事更有趣好笑。我用真實生活中發生的事件開始書寫，然後思考「接下來能夠有多糟糕？」，接著我繼續說故事，假設最糟糕的狀況真的發生了，以及在試圖補救的過程中，如何發生更糟糕的事情……然後更糟……然後更糟……直到我認為到了事情似乎不可能更加惡化的狀況……但是更惡化了。（沒錯，這需要大量腦力激盪和耐性與時間……不過很值得！）

〈壽猩的驚喜〉

有一次我穿上大猩猩道具服，讓姊姊在餐廳生日派對中尷尬無比，不過事後我沒辦法拉下拉鍊，這不是真的，而且也沒有人打電話給動物園管理員。

〈血腥謀殺！〉

我的表弟大衛和我常常在後院對彼此大叫一些蠢事，像是「謀殺，血腥謀殺！」，試圖引起鄰居注意。而我確實引起一位鄰居——博德班先生的注意，不過他從來沒有像故事中一樣，討厭我到試圖謀殺我。

當然，誇大事實的藝術之一，就在於必須讓讀者相信你的故事是真的。用真實生活中的事件為故事定下基調，利用許多微小寫實的細節，這些都有助於增添故事的可信度。另一個重要技巧，就是要用正經八百、實事求是的口吻，敘述這些你正在書寫的瘋狂事蹟，彷彿它們真的發生過，而且是全世界最正常的事。例如創作《人體部位大解密》中的「人體部位事實」就很好玩。當然啦，這些事實都荒謬得不得了，但是皆以嚴肅正經又合理的口吻陳述，擾亂我們的判斷力，幾乎要令人相信了。

安＆泰的身體部位有趣事實＃2
古時候由於尚未發明衣服，人們會把頭髮留得很長，裹在身上。

安＆泰的身體部位有趣事實＃3
澳洲每年有超過三百人被太空殺人無尾熊扯爛臉孔。

安＆泰的身體部位有趣事實＃6
到高海拔的地方時，耳朵會爆掉。
不過如果你爬得太高，整個頭都會爆炸。

砰！

〈一〇一件超危險的事〉中，安迪試圖說服我們這些荒謬無比的事情是真實的，但是他堅信的態度和事件的荒謬本質之間的反差，正是讓我們捧腹大笑的原因。

31. 女生細菌。（驚人事實 #1：女生細菌已經過科學證實 —— 由我和我最好的朋友丹尼所證實 —— 是全世界最危險的細菌。任何碰觸過女生、曾和女生共處一室，或甚至想過女生的人，都應該盡速到最近的醫院，以免為時已晚。任何是女生的人，算妳倒楣，已經太遲了，妳完蛋了。）

創意動手寫寫看

接下來最糟糕的狀況會是怎麼樣？

花些時間思考下列各個事件，接下來會發生什麼事導致情況惡化。選擇其中一個事件，並寫下至少五個最糟糕的狀況。選擇你最有興趣的事件，並利用「接下來能夠有多糟糕？」的技巧，看看你是否能創作出短篇故事的雛形。

1. 你看到一張十元紙鈔躺在人行道上，彎腰撿起它。

2. 爸媽告訴你千百次，不要在家裡丟球，但是你還是做了。

3. 你不小心吞下一隻蒼蠅。

4. 一隻大蒼蠅不小心吞下你。

5. 你去遊樂園玩，而你的朋友賭你不敢玩「驚魂古塔」，宣稱你不玩的話就是世界第一膽小鬼。

⋯⋯或試試這個

讓不可信變可信

為下列開頭句加上荒謬的結尾。

- 科學研究顯示⋯⋯
- 我聽到新聞說⋯⋯
- 最新研究證實⋯⋯
- 數據顯示⋯⋯
- 專家說⋯⋯
- 大家都知道⋯⋯
- 百分之九十的醫生都建議⋯⋯

《瘋狂樹屋26層》中，科學家正在測驗〈搖啊搖，小寶寶〉兒歌的真實性。

這看來像是
手指超人的工作！

練習 39

超級英雄和超級壞蛋

　　我很喜歡創造不尋常的超級英雄和超級壞蛋。

　　《瘋狂樹屋 13 層》的手指超人就是以手指解決各種難題的超級英雄，像是為迷路的人指路、幫忙清理塞住的鼻孔，以及幫忙拿著繩子好讓人綁起包裹。

（出自《瘋狂樹屋13層》）

以下是幾位其他擅長使用身體部位，或是身體分泌物的超級
英雄。

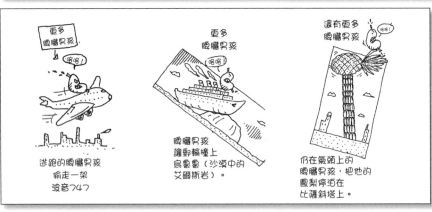

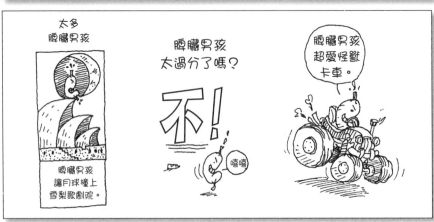

另一方面，神奇狗炭炭並不名副其實——牠似乎沒做什麼神奇的事。

293

《我的屁股抓狂的那一天》中，查克‧弗里曼的屁股從他的身體分離逃跑的時候，他打電話給屁股獵人。他很快就發現自己身陷打擊屁股的超級英雄世界，遇見許多傳奇人物，像是希拉‧屎蹬、踢屁人、砸屁人，以及親屁人。出乎意料，查克發現自己竟然擁有從未察覺、打擊屁股的力量。

傳奇的屁股鬥士 —— 天屁特攻隊。

泰瑞和我創造過最邪
惡的超級壞蛋，非超級壞
鳥莫屬！

當然啦，除非你也算進
超級壞松鼠！

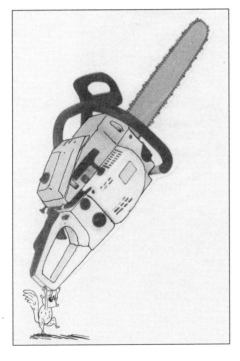

補充：寫這本書的時候，這兩個角色
都不在我們的書裡，因為他們
目前都要在監獄服刑三百年。

創造超級英雄或超級壞蛋

　　從下列清單中選擇一件普通物品。現在，想像這是超級英雄的主要武器。他擅長使用這個物品嗎？他會怎麼用——自衛、攻擊、噴射推進？現在創造一個使用這件物品的角色——例如打蛋男……他專門打擊壞「蛋」。

你的超級英雄或超級壞蛋的基礎物品：

* 橡膠小鴨
* 罐頭開罐器
* 電動吹葉機
* 吹風機
* 拔毛夾

* 衛生紙
* 叉子
* 烤肉夾
* 鎚子
* 漢堡

班布里治先生
突然發現
他裸體去上班。

但是今天不是
世界裸體上班日。

練習 40

好尷尬啊！

　　每個人的人生中都曾經有過尷尬的時刻，而這些尷尬的時刻可以是絕佳的故事點子。雖然沒有人希望被搞得很尷尬，但是看著別人在尷尬的狀態中進退兩難實在太有趣了，尤其是在虛構的狀況下。

在「就是」系列中，我很享受把安迪安置在各種可能的尷尬情況中。包括：

· 帶著媽媽的手提包，在大街上被警察追逐。

· 在全校師生前表演愚蠢的跳水，頭撞到泳池池底昏倒，後來被安迪本來想要糗的傑瑞米·聰明救起。

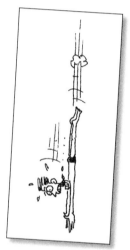

· 在全校面前歡呼自己贏得短篇故事比賽，但是其實沒有贏——而是譚雅·雪牧寫的故事〈芭蕾伶娜公主〉贏了比賽。

·打噴嚏時，把滿嘴嚼碎的棉花糖
　噴得他喜歡的女生全身都是。

·大庭廣眾下裸體或是幾乎裸體。

·裸體國度中唯一一個穿衣服的人。

《我的屁股抓狂的那一天》的點子，來自屁股可以令人極度尷尬這件事。屁股會在你最不希望的時候釋放氣體，好似有自己的意識。於是我想：如果屁股真的有自己的意識，可以從我們的身體分離並且逃跑呢？想像一下那會有多麼尷尬啊？！

　　查克‧弗里曼從深沉的睡眠中醒來，看到他的屁股正高高立在他的臥室窗台上。它以兩條粗短的腿站著，月光下，它細細的手臂往前伸長，似乎準備往下跳。

　　查克從床上起身。

　　「不！」他大叫：「回來啊！」

但是為時已晚，他的屁股跳出窗外，掉在下方的花圃上，發出柔和的「噗」的一聲。

　　查克盯著窗戶嘆氣。

　　「喔，不！」他說：「又來了。」

　　這不是查克的屁股第一次逃跑了。

　　兩個月前，他十二歲生日的那天，查克的屁股就養成逃離他身體的習慣，獨自跑到街上惹麻煩。查克受夠了。當地的屁股獵人也受夠了，他們已經抓到並收押查克的屁股三次了。

　　不久以前，查克的屁股只是做了各式各樣無害的惡作劇，像是把自己貼在雕像和路人的臉上。

　　然而上一次逃跑時，它加入一群五百個野生
屁股，在東南公路的路肩排成一列，向所有開車
經過的人展示屁股。

　　這場驚人行動導致多起意外，但是屁股們覺
得很好笑。

　　只是法官可不覺得有趣，判他們十二個月的
良好行為約束期。

創意動手寫寫看

令人尷尬的情況

　　思考下列尷尬情況清單，看看你是否能將它們從最不尷尬排列到最尷尬。

- 你的拉鍊沒拉（如果你是男生）。
- 你走進有人的廁所。
- 大庭廣眾下你沒穿衣服。
- 在公眾場合放屁。
- 在朋友面前被爸媽罵。
- 你的裙子下襬夾在內褲裡。
- 聊天時不知道要說什麼。
- 食物或飲料灑到別人身上。
- 你編了一個藉口說你沒辦法到某個地方，結果被你說謊的對象發現你在說謊。
- 大庭廣眾下跌倒。
- 在大庭廣眾下跌倒後，試著站起來的時候滑倒，又再次跌倒。
- 爸媽在你面前接吻。

繪圖清單

　　想想你感到尷尬的時刻（如果你想不起來尷尬的時刻，也可使用前面的尷尬情況清單開心畫畫）。

　　以類似本章的形式，寫下五個你感到尷尬的時刻，並搭配插畫。你可以把這些插畫用來：

- 當口袋書的基礎（更多口袋書資訊請見練習三十一）
- 作為更長的清單的基礎（例如：一〇一個尷尬情況）
- 選擇其中一個作為基礎，延伸成漫畫或故事（見練習三十八〈誇大事實〉）
- 如果這個練習是和全班一起做，你可以把所有尷尬情況收集起來，製作成一本書，叫作《我們班做過的糗事》，或之類的。放到圖書館，和全校分享你們班的尷尬糗事。

《我的屁股抓狂的那一天》

練習 41

我的_____的那一天

　　我一直很喜愛戲劇化標題的漫畫和電影，像是《黑湖妖潭》、《當地球停止轉動》和《活死人之夜》。我想我喜歡編一些超級誇張的故事標題，一點也不令人意外，不過我的標題通常出現一些一般人不會視為危險的東西，例如鉛筆、無尾熊、奶奶，還有屁股。

我真的非常喜歡寫各種平凡的日常物品——像是鉛筆——變得恐怖又危險的故事。

《末日鉛筆》

　　我不認為還有什麼標題能比《我的屁股抓狂的那一天》更愚蠢了，但是寫到故事結尾，大白屁在外太空爆炸，然後我腦海中浮現《冥王星的殭屍屁股》，接著整個思考、想像天馬行空的故事過程又開始了。事實上，直到我寫完《屁股末日：最後的屁擊》才終於罷手。

《冥王星的殭屍屁股》

《屁股末日：最後的屁擊》

我最愛的兩個超蠢超誇張的書名。

太空殺人
機械雞

在《就是瘋狂！》的故事〈小貓、小狗和小馬〉中，丹尼以〈太空殺人機械雞〉故事得到全校故事比賽的亞軍。被自信心沖昏頭的丹尼，覺得自己非常有資格可以給麗莎一些寫故事的建議。

「這個嘛，」丹尼坐在他的椅子上，雙臂交叉說：「其實沒那麼難。你只需要某種怪獸，至於是什麼怪獸並不重要。可以是外星人……或機器人……甚至雞，都無所謂。怪獸只要夠邪惡，想要摧毀一切就行了。」

我沒辦法像他說的這麼好……（等等，我確實說了。丹尼只是我創造的角色嘛）。

〈沒有壞事發生的那一天〉中太空殺人玉米片入侵。

創意動手寫寫看

填寫空白處

　　好的標題珍貴如千金，既能吸引讀者注意，也可以——希望啦——激發你寫出符合標題的好故事。試著寫出你自己的吸睛標題，能讓讀者停下腳步的標題。你可以使用這些句型：

- ＿＿＿＿ 之夜！
- ＿＿＿＿ 入侵！
- ＿＿ 吸血 ＿＿ ！
- 我的 ＿＿＿＿ 的那一天！
- 巨大變種殺人 ＿＿ ！
- ＿＿ 殭屍 ＿＿ ！
- ＿＿ 殺人 ＿＿ ！
- ＿＿＿ ，＿＿ － ＿＿＿ ！

現在就這麼做

設計書衣

　　選擇上一個練習中你最喜歡的標題，為標題設計書衣。思考可以和標題相得益彰的圖像。別忘了還有封底文案。記住你的文案必須讓讀者多少知道你的故事在說什麼，並且要讓故事顯得非常刺激有趣，這樣讀者才會想要立刻翻開書閱讀。

（出自《瘋狂樹屋39層》）

敬啟者

　　小時候某次去度假，我寄了一張明信片給奶奶，上面寫著：「親愛的奶奶，我們去買東西，我買了可可脆球。」這件事後來變成我們家人常掛在嘴邊的笑話，持續了很多年。後來只要我們去度假，總是會寄明信片給彼此，只寫早餐吃什麼，絕口不提度假內容。這個笑話的另一部分，就是必須要用你能找到最醜的明信片，而且一定要加上沒完沒了的附注和附附注。

我想後來我最為人熟知的故事之一，就是幾乎直接挪用我最喜歡的早餐穀片，還有沒完沒了的附注（事實上共有二十五個）。

以最多五十字描述
我為什麼喜歡可可脆球

因為可可脆球是巧克力口味、脆、酷、好吃、美妙、神奇、刺激、可愛、美味等等等等等。

誠摯的

安迪‧格里菲斯

附注：包含「誠摯的安迪‧格里菲斯」剛好五十個字。

附附注：我可以寫更多其他為什麼我喜歡可可脆球的理由，但是我只被允許寫五十個字。

附附附注：如果你讓我寫更多字，我就可以告訴你我有多愛可可脆球，可以一口氣吃五碗，一碗接一碗。

我也可以吃第六碗，不過吃完之後我會覺得有點想吐。你猜發生什麼事？我真的吐了！吐得整個廚房地板都是。一大灘咖啡色的可可脆球。爸爸媽媽很生氣。不過炭炭很開心，因為牠跳進去開始大吃。這也表示了可可脆球有多麼棒，連狗都喜歡！事實上，炭炭可能比我更喜歡可可脆球，因為我雖然愛可可脆球，但是我不會吃某人吃下去又吐出來的可可脆球。給我一百萬我也不要。

附附附附注：給我一兆我也不要。

附附附附附注：給我一百萬兆我也不要。

附附附附附附注：也許一百萬兆我會吃。畢竟我又不是笨蛋。

附附附附附附附注：不要跟任何人說我吃了五碗可可脆球然後吐了。這件事要是傳開來，我會很丟臉，而且我跟爸爸媽媽說我只吃了三碗，要是他們知道我吃了五碗一定會氣瘋。他們總說可可脆球不太健康，糖分太高之類的廢話，但是爸媽總是愛說這種話。

在故事〈但願你不在〉中，安迪借用鄰居的其中一個花園小矮人，帶著它去度假，這樣安迪就可以拍小矮人享受假期的照片，然後寄給他的鄰居，假裝是小矮人寄的明信片。

親愛的史考特太太，
我玩得很愉快。
希望妳也在這裡。

愛妳的花園小矮人
附注：早餐我吃可可脆球！

史考特太太
宜人大道12號
好城市
　　　　　3756

很不幸的，這件事並沒有按照安迪的計畫進行，因為他開始幻想小矮人想殺他……不過那又是另一個故事了。

你未必只能從真實地點寄送明信片，也可以從想像的地點寄送！

另一種我很喜愛的通訊方式，就是以漫畫形式寫信。
以下範例是我從紐西蘭寄出的信件。

我、吉兒和莎拉在
紐西蘭玩得很開心。

紐西蘭有很多動物，
尤其是綿羊！

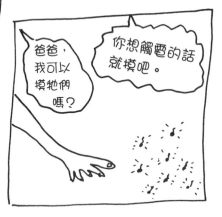

在法蘭茲·喬瑟冰河，
我們看到小小的藍光蟲。

在山坡上的咖啡店裡，我
們看到一隻好胖的狗，脖
子上掛著「請勿餵食」的
牌子走來走去。

我們看到不少海豹——有些活力充沛，有些還好，有些不太有活力。

吉兒和莎拉看到一隻抹香鯨，但是我只看到塑膠桶的內部。

我們停在路上，觀看原野上的鹿，每一頭鹿也都停下來看著我們。

莎拉餵了一頭非常飢餓的小羊。

我們認識了一隻叫作路易的受傷企鵝。

而且有兩隻奇怪的綠鳥對我們呱呱叫。

♡ 安迪

創意動手寫寫看

連環漫畫信

以連環漫畫的形式，寫一封信給住在另一個國家的想像筆友，描述：

- 學校平常的一天
- 最近一次的假期
- 學校校外教學
- 學校露營
- 運動賽事

……或試試這個

假想明信片

設計一張從假想地點寄出的明信片。圖片背面寫上給家人或好朋友的簡短訊息，彷彿你就在那裡。（別忘了告訴他們你早餐吃什麼！）

哥吉拉

嬰兒

我的手

玩具的故事

　　我收藏了一大堆奇怪又有趣的玩具,全都是從車庫拍賣和慈善商店蒐集來的。我早年試圖寫故事時,常常會先從拍攝玩具在真實世界大冒險開始,然後集結這些照片,並加上簡短的照片說明。從以前到現在,我都很喜歡以讀者能夠預期發生的方式寫作,然後用他們意想不到的東西給他們驚喜。

例如，如果嬰兒遇見哥
吉拉，或許大家都會預期哥
吉拉會吃掉嬰兒。

但是我們不會預期寶寶試圖吃掉哥吉拉。

另一個出乎意料的
轉折，就是哥吉拉收養嬰
兒……

或者，更出人意料的是嬰兒
收養哥吉拉！

321

或者，最令人意外的，就是他們變成朋友，墜入愛河……

然後結婚……

然後生了孩子，
半哥吉拉半人……　　　　　　　　　　　　　或是半人半哥吉拉！

養成習慣問自己「如何給讀者來個出其不意的驚喜？」，不僅可以讓你的讀者享受故事，也可以幫助你想出更多可能的故事線、點子和角色。

創意動手寫寫看

反轉

　　讓讀者出其不意最有效的方式，就是利用反轉技巧。例如：如果有一位老師和一位學生，平常我們會預期老師負責一切，而學生會聽老師的話。我們不會預期學生負責一切，而老師聽學生的話。反轉正常次序可以開啟各式各樣令人驚奇故事的可能性。

　　試試反轉下列每一個情況。（我把練習設計得很簡單……你只要改變字詞的順序就可以了！）

1. 不是家長告訴小孩該做什麼，

　　而是 ＿＿＿ 告訴他們的 ＿＿＿ 該做什麼。

2. 不是主人帶他們的狗去散步，

　　而是 ＿＿＿ 帶他們的 ＿＿＿ 去散步。

3. 不是小孩試圖拍扁蜘蛛，

　　而是 ＿＿＿ 試圖拍扁 ＿＿＿ 。

　　為每個場景畫一張快照，並為每個角色加上對話框，讓大家可以看見也可以聽見他們驚人的新關係（見練習三十七〈快照〉）。

練習 *44*

浪費讀者的時間

　　不需要是天才，也知道裝瘋賣傻可以很好玩（我在許多年前發現這一點）。說故事提供許多蠢事和胡言亂語的機會。思考胡言亂語的另一個方式，就是將之視為「浪費讀者時間」的方式。出乎我的意料，許多讀者超愛被浪費時間的！

例如：我們都認為故事開始時會有某種意義，而且會有開頭、中間的劇情，然後結束……但是並非一定要這麼做。在〈汪汪叫的小狗叫汪汪〉中，「故事」就定格在單一動作……

（出自《瘋狂樹屋13層》）

或者在〈非常非常非常壞的故事〉一例中，同樣的兩個字詞重複了十一頁，直到全書結束。

事實上，情況實在太壞了，讓所有以前的壞日子都變成令人懷念的好日子，而這些好的壞日子的記憶讓每個人都流下淚水，為自己感到非常難過，甚至為自己做過的事感到更糟了。

　　但是最後人們開始說：「嘿，我們不能整天坐在那裡哭，感覺很糟。我們必須要修補事情，讓一切再度好起來。」

　　因此大家起身，擦乾淚水，停止為自己感到難過，試著讓事情好起來。

　　但是沒有用。他們越想讓事情好起來，事情就變得更壞。事情越變越壞

越變越壞。

完

《壞壞書》的最後一頁。

不過如果你以為我很擅長浪費讀者的時間，顯然你從來沒做過泰瑞煩人的頁碼任務。

有時候，故事可能假裝要告訴你一些事情，事實上卻沒有說出任何比標題更多的內容。

乒唧乒唧搖搖欲墜瘋癲小驢子

這是乒唧乒唧的故事。
乒唧乒唧是一頭驢子。
乒唧乒唧的尾巴傻呼呼。
乒唧乒唧的腿搖搖欲墜。
乒唧乒唧的腦袋顛三倒四。
這就是乒唧乒唧的故事：
傻呼呼搖搖欲墜的瘋癲小驢子

融化泰迪熊的故事

腦驚先生四散一地

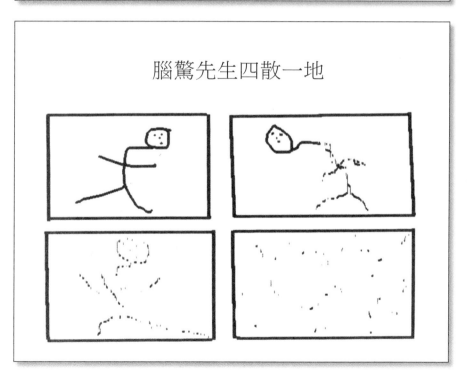

胡說八道的故事可能是解釋細節的難得機會。

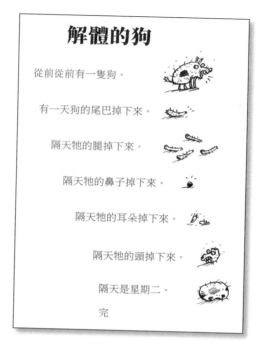

解體的狗

從前從前有一隻狗。

有一天狗的尾巴掉下來。

隔天牠的腿掉下來。

隔天牠的鼻子掉下來。

隔天牠的耳朵掉下來。

隔天牠的頭掉下來。

隔天是星期二。

完

無厘頭的謎語和笑話也很好玩（為了怕你不了解，也就是笑點完全沒有意義）。

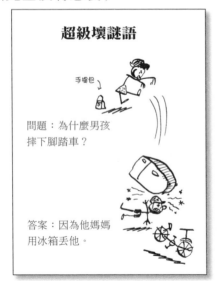

超級壞謎語

手提包

問題：為什麼男孩摔下腳踏車？

答案：因為他媽媽用冰箱丟他。

兩隻企鵝站在冰山上。
一隻轉身對另一隻說：「收音機。」

創意動手寫寫看

寫下你自己的「浪費時間」漫畫

　　以〈汪汪叫的小狗叫汪汪〉的形式，創作你自己的「浪費時間」漫畫。許多角色都可以是有趣的創作基礎。例如：

- 嗡嗡蠅嗡嗡
- 呼嚕貓呼嚕
- 哞哞牛哞哞
- 啾啾鳥啾啾
- 呼呼貓頭鷹呼呼
- 吼吼獅吼吼
- 鬥魚鬥鬥
- 壞脾氣土豚怒怒
- 口臭貓嗶嗶
- 全世界最慢的蝸牛慢慢

┉┉┉或試試這個

橡皮章故事

　　嘿，你還可以用一個橡皮章，整組更好，創作出蠢蠢的故事，浪費很多時間唷。

大逃竄：非洲大冒險

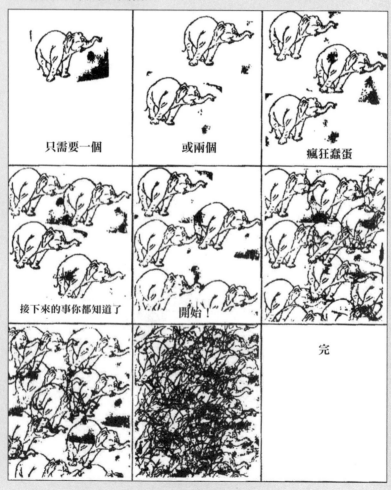

只需要一個　　　　或兩個　　　　瘋狂蠢蛋

接下來的事你都知道了　　　開始！

完

練習 45

如果……呢？

　　我不是很確定點子是從哪裡來的，不過我學到其中一個能夠快速有效的生產出大量點子的方式，那就是盡可能常常問自己「如果……呢？」。這個單純的問題，就是生產故事腳本的制勝守則。許多我的故事——尤其「就是」系列——都是以一連串自問「如果……呢？」的問題構築出來，從以下範例就可看出。

〈我們到了嗎？〉

「如果」你不停止煩人的言行，你的爸媽就會停下車，把你趕出去，要你自己走回家，而且「如果」你不停止煩人的言行，他們在鳥不生蛋的地方停車，把你趕出去，然後揚長而去呢？然後「如果」一位機車騎士載你一程，騎在你爸媽的車後試圖追上他們，但是他們以為被瘋狂騎士追逐，所以沒有停車，接著「如果」你試圖從高速行駛的機車跳上爸媽的車呢？

如果你的爸媽把你趕下車，然後揚長而去呢？

〈泥漿人〉

「如果」你和爸爸被鎖在家門外，而且兩人都裸體呢？而且「如果」你們兩人全身都裹滿泥漿，跑過住宅區到爸爸的辦公室拿家裡的備用鑰匙呢？「如果」開始下雨，身上的泥漿都被沖掉了呢？「如果」爸爸的老闆和他的太太看見你們了呢？

如果你全裸的時候被鎖在家門外呢？

〈就是裸體！〉

「如果」接下來的家族旅行，你爸爸不小心訂到了天體營呢？然後「如果」你們全家決定要留在那裡，在大廳櫃台開始脫掉衣服呢？而且「如果」你穿著衣服跑離櫃台，憤怒的裸體人群在後面追你呢？

如果家族旅行你爸爸不小心訂到了天體營呢？

泰瑞在《瘋狂樹屋13層》中想像的「如果」情景。

創意動手寫寫看

創作你自己的「如果」故事線

在下方填入「如果」後的空白。你可以使用下列「如果……呢?」的情境,或是想出自己的故事情境。或許你也可以用情境或點子作為基礎,畫出如前面的故事或漫畫。或是你只想要玩得開心。無論如何,「如果……呢?」的練習絕對是無價的。

- 如果你發現爸媽是殭屍呢?
- 如果暴風雨進到屋子裡,還跑進你的房間呢?
- 如果你醒來發現自己變成一隻巨大的竹節蟲呢?
- 如果你在科學課不小心消除了地心引力呢?

如果 _____

而且如果 _____

然後如果 _____

_____?

參考資料

隨機點子生產器

創造角色和（或）故事點子時，我最喜歡的發想方式之一，就是在紙張的其中一邊寫滿形容詞，另一邊寫滿名詞。接著我會混搭形容詞和名詞，直到出現帶給我寫作靈感的角色或點子。

一個用清單工作的有趣方式就是寫下數字 1 到 26、二十六個英文字母，然後把它們全部打散（確保數字和字母是分開的）。

現在你會有一堆數字和一堆英文字母，從數字中選一個，再從字母中選一個，並按照清單一和清單二的字組配對（例如：搭配數字 20 和字母 T，你會出現「邪惡的芭比娃娃」標題）。如果你喜歡這個組合，就可以用來作為故事的開頭。如果不喜歡，那就再試一次（做這個練習時，也可以加入場景設定清單）。

補充：如果你是老師帶著班級做此練習，可以在分散的卡片上寫下字詞，接著給每位學生一張形容詞卡和一張名詞卡（和場景設定卡），讓他們挑戰寫下組合。當然啦，你可以隨意製作你的隨機清單。我的清單只是為了有個開始。

清單一：形容詞	清單二：名詞	清單三：場景設定
1. 嫉妒的	A. 鉛筆	一．超市
2. 害羞的	B. 嬰兒	二．辦公室
3. 愛自誇的	C. 恐龍	三．學校
4. 粗魯的	D. 老人	四．太空船
5. 壞脾氣的	E. 電視	五．樹屋
6. 跳舞的	F. 狗	六．洗車場
7. 醜的	G. 小丑	七．火車
8. 融化的	H. 老師	八．飛機
9. 爆炸的	I. 兄弟	九．農場
10. 臭臭的	J. 姊妹	十．動物園
11. 瘋狂的	K. 泰迪熊	十一．夜店
12. 蠢笨的	L. 蜘蛛	十二．牙醫診所
13. 飛翔的	M. 袋鼠	十三．馬戲團
14. 噁心的	N. 垃圾車	十四．沙漠
15. 有電的	O. 書	十五．圖書館
16. 神祕的	P. 廁所	十六．警察局
17. 裸體的	Q. 怪物	十七．醫院
18. 魔法的	R. 香蕉	十八．博物館
19. 咒罵的	S. 蛋糕	十九．教堂
20. 邪惡的	T. 芭比娃娃	二十．游泳池
21. 彈跳的	U. 電腦	二十一．花園
22. 懶惰的	V. 內褲	二十二．森林
23. 殺人的	W. 企鵝	二十三．船
24. 變種的	X. 牛	二十四．電影院
25. 聰明的	Y. 機器人	二十五．浴缸
26. 討厭的	Z. 奶奶	二十六．餐廳

安迪和泰瑞的書

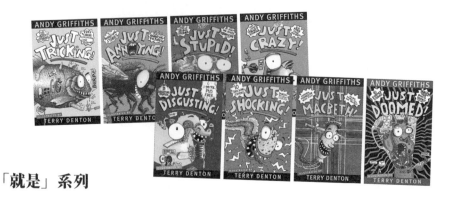

「就是」系列

一系列快節奏的有趣短篇故事，由自認是全世界最瘋狂最討厭的惡作劇專家小安迪講述。

《就是惡搞！》（*Just Tricking!*）、《就是討厭！》（*Just Annoying!*）、《就是蠢！》（*Just Stupid!*）、《就是瘋狂！》（*Just Crazy!*）、《就是噁心！》（*Just Disgusting!*）、《就是驚嚇！》（*Just Shocking!*）、《就是完蛋！》（*Just Doomed!*）和《就是馬克白》（*Just Macbeth!*）（改編自莎士比亞的《馬克白》劇本，由「就是」系列角色演出）。

「壞壞」系列

充滿瘋狂的漫畫、叛逆的歌詞、噁心的詩、愚蠢的圖畫、亂七八糟的謎語、笑話、寓言故事，還有做壞事的壞角色，壞壞書系列將一舉把你帶進顛三倒四的世界，其中所有好的都變成壞的，所有壞事則變得非常壞！

《壞壞書》（*The Bad Book*）、《超級壞壞書》（*The Very Bad Book*），以及《太空殺人無尾熊》（*Killer Koalas from Outer Space*）（兩本壞壞書最不壞的選集）。

「扁扁貓」和「大胖牛」系列

歡樂愚蠢的系列，內容是孩子最愛的繞口令，還有
填滿頁面邊緣的火柴人插畫。最適合初學者
或不愛看書的人，各個年齡層和不同閱讀能
力的讀者都很喜愛。

《地墊上的扁扁貓》（*The Cat on the Mat is
Flat*）和《暴走大胖牛》（*The Big Fat Cow
That Goes Kapow*）。

「瘋狂樹屋」系列

由安迪和泰瑞領銜主演的插畫小說，也就是住在不斷增建的神奇樹屋中的
作家和插畫家。瘋狂愚蠢的冒險，還有一大堆瘋狂愚蠢的插畫。

《瘋狂樹屋 13 層》、《瘋狂樹屋 26 層》。

「學校惡搞」系列

這個系列共四本小說，記錄東南西北中央學校發生的事。一定可以吸引所有年齡層的新舊讀者，也很適合家長和課堂中讀給孩子聽。

《寶藏熱》（*Treasure Fever!*）、《末日鉛筆》（*Pencil of Doom!*）、《瘋狂馬斯考特》（*Mascot Madness!*）、《機器人暴動》（*Robot Riot!*）。

「屁股」三部曲

史詩般的屁股三部曲，描述查克・弗里曼、他的瘋狂屁股、轟轟烈烈的屁股戰隊天屁特攻隊，以及全地球最大最醜最邪惡的屁股們的故事。

《我的屁股抓狂的那一天》（*The Day My Bum Went Psycho*）、《冥王星的殭屍屁股》（*Zombie Bums from Uranus*）、《屁股末日：最後的屁擊》（*Bumageddon: The Final Pongflict*）。

安迪和泰瑞的美妙愚蠢世界

安迪和泰瑞的美妙愚蠢世界是一系列認真搞笑、插圖百分之百不寫實的指南書，目的是介紹最不科學的數據和錯誤資訊，集合成一系列超級愚蠢、插圖百分之百不寫實的指南書。

《認識屁屁龍》（*What Bumosaur is That?*）、《人體部位大解密》（*What Body Part is That?*）。

《安迪百科》 (*Andypedia*)

安迪百科是安迪·格里菲斯創造的世界中，所有的
著作、故事以及角色完整指南。僅有電子版。

《裸體男孩和鱷魚》 (*The Naked Boy and the Crocodile*)
（安迪·格里菲斯編）

出自澳洲偏鄉原住民村落孩童之手，以簡單的圖畫
書形式（口袋書）呈現，故事令人驚喜、充滿趣
味且感人……而且有些是真實故事呢！本書所有
收入皆捐贈給原住民閱讀基金會。
（www.indigenousliteracyfoundation.org.au）

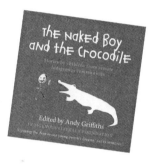

《寫作力大爆發：塗鴉日記、自製標籤、繪製地圖…… 全球暢銷書「瘋狂樹屋」作者從生活找創意的 45 個寫 作祕訣》

《寫作力大爆發：塗鴉日記、自製標籤、繪製地
圖……全球暢銷書「瘋狂樹屋」作者從生活找創
意的 45 個寫作祕訣》專為課堂、學生和充滿寫作
熱情的年輕小作者設計，包含四十五個寫作練習，
如清單、使用指南、漫畫、個人故事、詩和口袋書。全書範例出自安迪和
泰瑞的著作，激發讀者快樂翻玩點子、文字和圖畫，就像安迪和泰瑞一起
創作他們的瘋狂書籍。

更多資訊請見 http://www.andygriffiths.com.au

致 謝 清 單

沒錯，我又寫了一份清單。

這是一份關於所有多年來幫助我，而我想感謝的人的清單：

1.　我的奶奶，她總是鼓勵我，並且保留了那本對我而言既恐怖又有趣的怪異老書《披頭散髮的彼得》，對我的寫作提供極大的指引。

2.　我的爸媽，真的非常感謝他們所做的一切，尤其是在書架上擺滿重要的經典著作（除了《披頭散髮的彼得》）：《柯氏趣味圖畫書》、路易斯・卡洛爾、全套格林兄弟童話，蘇斯博士和伊妮・布萊敦，還有提供我筆、鉛筆、紙張、時間，然後不打擾我，讓我可以好好寫作。

3.　我的妹妹蘇珊和茱莉，謝謝她們仍然對我很友善，即使在她們的童年回憶中，我可能更像「就是」系列中超級討人厭的安迪，而不是我所記得或敢於承認的模樣。

4.　我最好的朋友丹尼・皮克特，還有小學暗戀對象麗莎・麥克尼，非常有風度，讓我在「就是」系列中借用他們的名字虛構角色。

　　尤其是丹尼，因為他被塑造得遠比真實生活中愚蠢，事實上沒有任何人可以蠢成那樣。他絕對一點也不蠢，而且長大後成為才華洋溢的造景園藝家。至於麗莎，則和書中描述的一樣美麗，在墨爾本東部擔任代課老師。如果你們看到她，請幫我向她說聲「嗨」。

5. 我的瘋狂狗狗炭炭，十二年來不斷追逐汽車試圖咬輪胎，這件事教導我擁有明確目標、全然付出、耐心、堅持和一口好牙的重要性。

6. 我的鄰居 Broadbent 女士，他在我十二歲生日時送了我一本同義詞字典，即使當時我根本不知道什麼是同義詞字典。

7. 我的高中圖書館員 Woolmer 女士，在我們的圖書館放滿超級不適合又生澀難讀的書籍，像是《丟棄屍體的十三種方法》，幫助我在心愛的恐怖漫畫和成人小說的世界搭建起連結。

8. 我的十一年級英文老師 Bechervaise 先生，謝謝他在英文課時擁有幽默感，而且也寫作詩詞、拍照、拍攝影片、導演戲劇和編輯校刊，是活生生的創作力典範。他也是將《麥田捕手》介紹給我的人，這份恩情我永難償還。

9. 所有我參與的樂團成員，包括 Silver Cylinder、The Unborn Babies、Gothic Farmyard、The Horns of Doom 和 Skippy the Butcher，讓我寫下歌詞，對著麥克風大吼大唱，即使很明顯我一點音樂天分也沒有。

10. 一九八九至一九九〇年在米杜拉高中的教職員和學生，尤其是教師小組的成員們：Andy Edwards、Judi Harris、「瘋狗」Andrew Morgan、Kim Patterson、Robyn Paull、Mark Storm，以及 Hilary Thiele。

11. 充滿啟發性的寫作老師 Barry Dickins 和 Carmel Bird，他們都在我最需要的時候在我身旁，還有幽默演講教練 Pete Crofts。即使我從來沒有上過 Natalie Goldberg 的課，但是我想要謝謝她寫了有史以來最棒的寫作書《寫到骨子裡》。

12. Longman Cheshire 出版社的 Rina Leeuwenberg，給我機會出版《搖盪晒衣繩》，而且讓泰瑞·丹頓繪製插圖是絕妙的想法。

13. 感謝泰瑞·丹頓願意為《搖盪晒衣繩》畫插圖（以及在此之後幾乎所有我寫的書），他是最棒的藝術家、共同作者、開心果、朋友，也是全方位的天才，如果你問他：「《就是完蛋！》的封面要放什麼？」他會回答：「一匹馬在果汁機裡？」當然好囉！

14. 早期的支持者 Agnes Nieuwenhuizen、Mike Shuttleworth、Jenny Stubbs、Lynne Ellis 和 Lauris Pandolfini 以及她的 Booked Out Speakers Agency 機構，在我早年載浮載沉的作家生涯中，向學校宣傳，讓我以造訪作家的身分得以謀生。也感謝所有澳洲孩童選書獎的規畫者：YABBA（Vic）、KOALA（NSW）、COOL（ACT）、KROC（NT）、BILBY（QLD）、WAYBRA（WA），以及所有每年票選他們最愛書籍的學生們。

15. 感謝 Reed-for-Kids 出版社的 Janet Rowe，在兩百則惡作劇中看見潛力，成為《就是惡搞！》的雛形，並且提供寶貴的引導，幫助我重新寫作此書。

16. 出版人 Jean Feiweil，沒有她的熱情，我的逃跑屁股、扁扁貓、暴走牛和殺人無尾熊永遠沒有機會入侵美國。

17. 文學經紀人 Debbie Golvan、Fiona Inglis 和 Jill Grinberg，我不僅想要謝謝他們的所有苦心，而且依約我也必須感謝他們，因為他們可以取得我所有著作的一部分所得，包括我的鳴謝。

18. 超棒的麥克米倫出版公司團隊，一九九七年起就由他們負責出版我的書籍。多年來，我很幸運能夠和許多出色的人共事，包括出版人 Anna McFarlane，銷售經理 Phil Lawson 和 Katie Crawford，編輯 Catherine Day 和出版商 Jane Novak、Anyez Lindop、Sue Bobbermein 和 Jane Symmans。特別感謝出版總監 Cate Paterson 帶我入行，她的支持、建議、鼓勵和友誼。感謝創意無限、顯然永遠不疲累的出版人 Claire Craig（沒有她的溫和——以及沒那麼溫和——的堅持，本書和許多其他的書絕對不會問世），自由加工編輯 Ali Lavau 和社內編輯 Samantha Sainsbury（讓我的著作看起來比實際上厲害多了），設計師 Liz Seymour（她設計操刀每一本書！），最後我還要感謝資深出版人 Kate Nash，沒有她無窮無盡的精力和幽默，巡迴打書絕對不會這麼好玩。

19. 原住民閱讀基金會（Indigenous Literacy Foundation）——尤其是 Karen Williams、Kristin Gill、Suzy Wilson、David Gaunt 和 Deb Danks，他們是最棒的旅伴，讓我有機會與偏鄉原住民村落中許多美好的師生見面共同寫作（請上 https://www.indigenousliteracyfoundation.org.au，看看你可以如何幫助全澳洲各地學生識字率）。

20. Bell Shakespeare 公司，特別是 Gill Perkins、Marion Potts 和 Wayne Harrison，他們的支持和專業，幫助吉兒和我將莎士比亞最駭人的劇本之一變成老少咸宜的舞台劇作品。

21. Markus Zusak 是非常慷慨大方的朋友，總是樂於分享他在一大堆書籍和編輯 CD 時的洞見、靈感和音樂上的新發現。

22. 我的女兒 Jasmine，我說的事情她幾乎全盤相信，幼童讓我

說故事的能力更上一層樓。

23. 我另一個女兒 Sarah 的熱情、有用的點子和編輯建議，沒有她，屁股三部曲的封面就不會如此令人印象深刻（或是充滿爭議）。

24. 吉兒‧格里菲斯，我的編輯、合作人、妻子，也是最好的朋友，我們一起工作，每一本書從最早期的初稿到最後一頁，完稿的最後一頁，最終完稿的最後一頁，以及所有最終完稿的每一頁。

25. 最棒的澳洲書商們，當然還有我的讀者們，包括許多充滿熱情的孩子、家長和教師參加活動，購買我的書，在我說笑話的時候捧場，多年來寫給我許多感人信件支持、鼓勵和感謝我，我非常榮幸，深受感動，而且滿心感謝難以言表。

26. 你，讀到這裡的你——除非你跳過前面直接讀到最後，那我就不謝謝你了，因為我花了很多力氣做這份蠢清單，你至少可以花點力氣看完吧！

故事館

小麥田

寫作力大爆發：塗鴉日記、自製標籤、繪製地圖……全球暢銷書「瘋狂樹屋」作者從生活找創意的 45 個寫作祕訣

Once Upon a Slime : 45 fun ways to get writing ... Fast !

作　　　者　安迪・格里菲斯（Andy Griffiths）
繪　　　者　泰瑞・丹頓（Terry Denton）
譯　　　者　韓書妍
封 面 設 計　翁秋燕
內 頁 編 排　翁秋燕
校　　　對　呂佳真
責 任 編 輯　蔡依帆

國 際 版 權　吳玲緯
行　　　銷　闕志勳　吳宇軒　余一霞
業　　　務　李再星　李振東　陳美燕
總 編 輯　巫維珍
編 輯 總 監　劉麗真
事業群總經理　謝至平
發 行 人　何飛鵬
出　　　版　小麥田出版
　　　　　　115 台北市南港區昆陽街 16 號 4 樓
　　　　　　電話：(02)2500-0888
　　　　　　傳真：(02)2500-1951
發　　　行　英屬蓋曼群島商家庭傳媒股份有限公司
　　　　　　城邦分公司
　　　　　　115 台北市南港區昆陽街 16 號 8 樓
　　　　　　網址：http://www.cite.com.tw
　　　　　　客服專線：(02)2500-7718 ｜ 2500-7719
　　　　　　24 小時傳真專線：(02)2500-1990 ｜ 2500-1991
　　　　　　服務時間：週一至週五 09:30-12:00 ｜ 13:30-17:00
　　　　　　劃撥帳號：19863813　戶名：書虫股份有限公司
　　　　　　讀者服務信箱：service@readingclub.com.tw
香港發行所　城邦（香港）出版集團有限公司
　　　　　　香港九龍土瓜灣土瓜灣道 86 號順聯工業大廈 6 樓 A 室
　　　　　　電話：+852-2508-6231
　　　　　　傳真：+852-2578-9337
馬新發行所　城邦（馬新）出版集團 Cite (M) Sdn Bhd.
　　　　　　41-3, Jalan Radin Anum, Bandar Baru Sri Petaling,
　　　　　　57000 Kuala Lumpur, Malaysia.
　　　　　　電話：+603-9056-3833
　　　　　　傳真：+603-9057-6622
　　　　　　電郵：services@cite.my
麥田部落格　http:// ryefield.pixnet.net
印　　　刷　漾格科技股份有限公司
初　　　版　2022 年 5 月
初 版 二 刷　2024 年 5 月
售　　　價　450 元
版權所有 翻印必究
ISBN 978-626-7000-41-0
EISBN 9786267000397（EPUB）
本書若有缺頁、破損、裝訂錯誤，請寄回更換。

國家圖書館出版品預行編目 (CIP) 資料

寫作力大爆發：塗鴉日記、自製標籤、繪製地圖……全球暢銷書「瘋狂樹屋」作者從生活找創意的 45個寫作祕訣 / 安迪 . 格里菲斯 (Andy Griffiths) 著；泰 瑞 . 丹 頓 (Terry Denton) 繪；韓書妍譯 . -- 初版 . -- 臺北市 : 小麥田出版 : 英屬蓋曼群島商家庭傳媒股份有限公司城邦分公司發行, 2022.05
面；　公分 . -- (小麥田故事館)
譯自：Once upon a slime : 45 fun ways to get writing ... Fast !
ISBN 978-626-7000-41-0(平裝)
1.CST: 寫作法

811.1　　　　　　　111001642